Fiction & Cie

Anouk Schavelzon

LE BLEU N'ABÎME PAS

roman

Seuil

57, rue Gaston-Tessier, Paris XIXᵉ

COLLECTION
« Fiction & Cie »
fondée par Denis Roche
dirigée par Bernard Comment

Pour la citation en exergue : Toni Morrison, *Beloved*, traduit de l'anglais (États-Unis) par Jakuta Alikavazović, © Christian Bourgois éditeur, 2023.

ISBN 978-2-02-156269-9

© Éditions du seuil, août 2024

www.seuil.com

LE BLEU N'ABÎME PAS

À Nelly Kaprielian,

J'espère que ce livre saura vous plaire,

Bonne lecture !

Bien cordialement

Arnaud Schavelzon

« You have to be there.

—What I have to do is get in my bed and lay down. I want to fix on something harmless in this world.

—What world you talking about? Ain't nothing harmless down here.

—Yes it is. Blue. That don't hurt nobody. Yellow neither.

—You getting in the bed to think about yellow?

—I likes yellow.

—Then what? When you get through with blue and yellow, then what?

—Can't say. It's something can't be planned*. »

Toni Morrison, Beloved, 1987

* « Tu dois y être. »

« Ce que je dois faire, c'est aller au lit pour m'allonger. J'veux me consacrer à quelque chose d'inoffensif en ce bas monde. »

« De quel monde tu parles ? Y'a rien qui soit inoffensif, ici. »

« Si. Le bleu. Ça n'a jamais fait de mal à personne. Le jaune non plus. »

« Tu vas te mettre au lit pour penser au jaune ? »

« J'aime ça, le jaune. »

« Et alors quoi ? Quand tu auras fini avec le bleu et le jaune, alors quoi ? »

« Qui sait. C'est pas quelque chose qu'on peut prévoir. »

(Traduction française issue de la nouvelle traduction de Jakuta Alikavazovic, chez Bourgois.)

Il faut bien raconter les histoires.
Il faut bien raconter les histoires.
Il faut bien raconter les histoires.

Les creuser jusqu'à la moelle.

Avant tout était rouge. La maison était rouge. Le souvenir de la maison était rouge. Une maison avec une cave, avec un escalier aux marches branlantes, avec ses souris, son jardin et son cerisier. Rouges, tous rouges. Dans chaque pièce une confidence, dans chaque recoin un secret chuchoté parce que les murs ont des oreilles.

La maison était rouge. Tu as tout repeint : les chaises, les tables, le canapé, la bibliothèque. Même le jardin tu l'as repeint. En bleu. Il fallait tout repeindre. L'horloge tournait. Tic-tac, tic-tac, BLEU. Bleus. Il faut que les murs soient bleus. Tu as lavé à grand bleu toute la maison et tous les souvenirs qui habitaient dans cet endroit que tu aimais tant et qui a disparu. Tu as peint en bleu les empreintes et les ombres des personnes qui vivaient dans cette maison. Il ne reste que ce carreau ocre au milieu de la cuisine qui ne veut pas se plier à la dictature bleutée. Tu frottes depuis des heures et la tache ne disparaît pas. Tic-tac tic-tac… Trente… vingt-neuf… Frotte frotte tu sais qu'il faut que tout devienne bleu ! Le rouge de la maison est trop violent, le bleu c'est mieux, plus doux. Quatre-vingt-quinze pour cent de la population mondiale considère que sa couleur préférée est le bleu, tu te souviens, tu as lu ça quelque part, il y a longtemps. Le bleu est la couleur du passé, du commun et de l'acceptation. Tout doit devenir bleu. Tu *dois tout accepter*. Peins ta honte en bleu, peins tes amours déçues en bleu. Peins en bleu tes balbutiements et ta gêne. La tension en bleu. Peins les mauvais souvenirs en bleu au lieu de te mordre la joue, de te pincer les lèvres ou de laisser s'évader un petit bruit d'énervement quand ils ressurgissent brusquement. Peins tes yeux en bleu quand tu vois rouge. Pense bleu. Parle bleu. Ris bleu.

Le carreau ocre parle. « Tu viens d'où ? », suivi de la caresse d'un inconnu sur tes cheveux. Parle bleu. « Ah, ça explique pourquoi t'as les cheveux frisés. » Ris bleu. « C'est drôle parce que pourtant t'as les yeux bleus. » Parle bleu. Le corps se rapproche, il se colle, tu le sens qui se presse contre toi. Son souffle trop près, le filet de sa voix qui s'infiltre dans tes oreilles. Il dit quelque chose sur le métissage, sur les courbes de ton corps, sur son excitation qui grandit. Pense bleu, souris bleu et tais-toi !

Non. Non. Non.

Va-t'en, gueule de flic, gueule de vache, je veux délacer les monstres et entendre le fleuve de tourterelles en paix ! Tu ne penses qu'à travers les mots des autres, tu ne sais pas te défendre avec les tiens, tu ne sais pas crier et hurler ta rage. Tu restes bleue au milieu des lueurs stroboscopiques, les images se succèdent, défilent et s'entremêlent, et tu es là stupide et bête. Bleu passif, bleu acceptation, bleu con, bleu bête, bleu bite. Bleu de tes yeux que tu aimes et qui te fait pleurer.

31 MAI

Bleu nuit.

Dans la boîte, trois niveaux.

Au rez-de-chaussée, la billetterie avec le tampon plein d'encre pressé sur les poignets, les vestiaires et leurs tickets numérotés, une piste de danse où tout le monde passe, où personne ne s'arrête. Un espace de transition entre le sous-sol et l'étage.

Au sous-sol, la deuxième piste, celle où tout le monde va : les corps se serrent les uns contre les autres, les pieds cognent contre le sol enduit de bière. La musique en chœur avec les corps sur la piste. Jeux de lumières : des gens roses, verts, orange.

À l'étage, en plein air, le fumoir.

Des dizaines de cigarettes brûlent. Chacune d'entre elles se consume à son propre rythme. Des dizaines de foyers minuscules, points lumineux qui ponctuent les discussions, habillent les rires.

Les amis dansent encore à l'intérieur.

Seule dans la fumée des autres.

La sœur et la mère. La sœur dans la chambre, dans le lit en face. La mère au bout du couloir.

Le feu Au feu Le feu Au feu Au feu

Les voix dans la tête et en bas de l'immeuble. Dans la tête, la chanson, celle que le père joue sans cesse à la guitare, chante sans cesse pour vous endormir. *Parlez-moi de la pluie et non pas du beau temps, le beau temps me dégoûte et m'fait grincer les dents. Le bel azur me met en rage car le plus grand amour qui m'fut donné sur terre, je l'dois au mauvais temps, je l'dois à Jupiter, il me tomba d'un ciel d'orage.* En bas les voix qui crient et qui répètent toujours les mêmes mots :

Le feu Au feu Au feu

Dans le sommeil, les mots n'ont pas de sens.
Tu ne perçois que l'agitation des voix.
Des voix d'hommes.

Elles se répercutent contre les briques rouges. Elles rebondissent sur l'argile de l'immeuble :

Le feu Au feu Au feu Le feu

La fête, tu te dis. Des hommes qui font la fête en bas et qui crient. Les voix dansent. *Par un soir de novembre, à cheval sur les toits, un vrai tonnerre de Brest, avec des cris d'putois, allumait ses feux d'artifice.*

Pourtant les hommes ne font pas la fête ici.

Ici il n'y a plus beaucoup d'hommes. Ils sont partis les hommes d'ici.

Les pères n'habitent plus là. Le père ne joue plus de la guitare ici. Celui qui habitait en dessous non plus. *Bondissant de sa couche en costume de nuit ma voisine affolée vint cogner à mon huis en réclamant mes bons offices.*

Dans l'appartement au-dessus, il n'y a pas de père. Il n'y a jamais eu de père. Et à l'étage encore au-dessus c'est pareil.

Il y a quelques fils quand même.

Le feu Au feu Le feu Au feu

Ils sont beaux, les fils de la voisine. Oui oui très beaux et grands, si grands les fils de la voisine quand ils viennent te chercher à l'école, lorsque la mère travaille tard, que ce ne sont pas les jours de garde du père. Toujours la chanson du père dans la tête et les cris contre les briques de la cour. Les fils qui font la fête alors qu'on ne fait pas la fête ici.

Le feu Au feu Le feu Le feu

Toi tu aimerais bien descendre les rejoindre, les fils. Mais tu es encore trop petite.

Que ce serait doux, oh oui tellement doux, d'être avec eux en bas, de crier avec eux ces mots que tu ne comprends pas, de faire tant de bruit que les briques de l'immeuble en trembleraient. Qu'ils te regardent crier les fils de la voisine, et que tu grandisses sous leurs yeux, que tu deviennes aussi gigantesque, aussi immense qu'eux, qu'ils te voient comme tu les vois enfin et là… là… là, ce serait… Ce serait tellement doux, oui ce serait tellement bon, tellement doux et chaud, tellement chaud.

Le feu Au feu Le feu

La porte de la chambre s'est ouverte, la lumière s'est allumée et la voix de la mère a retenti.

Elle répète. Répète les mêmes séquences de phrases en saccade qui éclatent contre les quatre murs de la chambre et te font sortir du sommeil. La voix de la mère veut rester calme ça se sent, elle s'intime l'ordre de rester droite et posée, mais elle est verte, tu le sens, la voix est toute verte de peur. La voix de la mère dit qu'il faut descendre vite, qu'il ne faut pas s'inquiéter. Il faut descendre dans la cour calmement mais vite. Il ne faut pas avoir peur parce qu'il n'y a pas de risque, ce sont les voisins, les voisines du dessus qui ont à craindre quelque chose, ici tout va bien, mais il faut descendre vite et dans le calme.

Pourquoi ?

La mère en train de tirer la sœur du lit n'entend pas la question. Elle a le sommeil très lourd la sœur, mais les mots criés en bas résonnent dans la chambre et leur sens s'éclaire.

Le feu ! Au feu ! Au feu ! Le feu !

Les voix crépitent dans tes oreilles. L'immeuble flambe.

La sœur est levée et la mère répète qu'il ne faut pas s'inquiéter, que tout va bien se passer, qu'il ne faut pas avoir peur parce que le feu est encore très haut au-dessus de l'appartement ; les pompiers vont arriver pour éteindre les flammes. Il faut descendre dans le calme mais vite, il ne faut pas avoir peur.

Tu n'as pas peur, tu t'en étonnes mais tu n'as pas peur. La peur rampe dans l'appartement et tu glisses dessus. Tu glisses jusqu'à la fenêtre. Contre tes paumes, la chaleur des vitres fermées et une étrange clarté qui palpite dans la nuit de la cour, éclaire les visages des voisins déjà descendus. Une lumière ocre pleine de débris. Le feu en haut mange les briques de l'immeuble.

La chanson du père revient à la charge en même temps que tu mets ton manteau et tes chaussures, tu la chantes intérieurement lorsque la mère ferme votre porte, et que vous descendez à votre tour. *Parlez-moi de la pluie et non pas du beau temps.* L'odeur brûlée a envahi la cage d'escalier et imprégné le tapis de velours rouge et vert. *Le bel azur me met en rage.*

Dans la cour, les flammes lèchent et font exploser les vitres des deux derniers étages, une fumée noire comme tu n'en as jamais vu s'en échappe. La chaleur envahit l'air, une voisine pleure : elle a oublié son hamster à l'intérieur, une autre voisine explique qu'elle a vu le diable dans les flammes. Des rafales de vent entretiennent le feu qui avale toujours plus la toiture de l'immeuble. Les pompiers, le tuyau immense et l'échelle sortent ensemble du camion rouge et restent jusqu'au petit matin. Les rafales continuent. Le feu progresse toute la nuit, déglutit la toiture de l'immense barre d'immeubles aux briques rouges. *Car le plus grand amour qui m'fut donné sur terre, je l'dois au mauvais temps, je l'dois à Jupiter, il me tomba d'un ciel d'orage.*

La nuit passée à moitié dehors, à moitié dans le centre de séjour à côté.

Le voisin du septième étage, qui s'était endormi saoul, sa cigarette allumée, brûlé vif.

Dans le fumoir la porte qui ne cesse de s'ouvrir et de se refermer étouffe par intermittence la musique. Ça fait comme lorsque la tête rentre puis sort de l'eau à la piscine. Mais là, l'alternance n'est pas régulière. Les gens ne comptent pas jusqu'à trois pour ouvrir la porte. Pas de brasse cadencée, de crawl rythmé. Juste la porte qui bat sans mesure, souvent à contretemps.

Tu as claqué la porte de ta chambre.

Cette chambre n'a jamais été à toi.
Tu as claqué la porte de la chambre.
À la rigueur, cette chambre est à vous.
Tu as claqué la porte de votre chambre.
Votre chambre.
À toi et à ta sœur.

Tu n'aimes pas ta chambre.
Cette chambre ne t'appartient pas.
Tu n'aimes pas la chambre.
Mais ça t'a plu de claquer la porte.

Tu aimes claquer les portes. Tu aimes le bref moment
où l'onde de choc se propage des plinthes au plafond. Tu
aimes faire trembler les murs et le silence qu'impose le
claquement. Claquer une porte cloue les becs, clôt le flot
continu de paroles qui se déverse des bouches en colère :

Toi, toi toujours tu

                Arrête,   Luna.   Arrête

de crier.

        Mais je ne crie pas putain !

                      Si.   Tout

l'immeuble t'entend. Tu te mets toujours à
crier

       Mais arrête de dire que je

                 On   ne   peut

rien te dire, c'est toujours la même chose.

Et la porte a claqué.

Une heure plus tôt, personne n'avait prévu que la discussion prendrait cette tournure-là. Ni toi, ni la sœur,
ni la mère.

Tu n'as pas anticipé, tu ne pensais pas que parler
des bobos et laisser entendre que votre mode de vie
à vous trois pouvait y être associé seraient un tel fac-
teur de tension. C'était sous-estimer la détestation de
la mère pour ce mot : « Bohème peut-être, mais bour-
geois certainement pas. C'est fou que tu puisses penser
ça de nous ! » Et elle a enchaîné sur la pauvreté intellec-
tuelle de ce terme qui ne correspondait à aucune caté-
gorie sociale. Non, le fait que vous viviez toutes les trois
dans un appartement de quatre-vingts mètres carrés
dans le douzième arrondissement de Paris, qu'elle soit

professeure de philosophie, que ses deux filles soient toutes les deux engagées dans de longues études supérieures, que l'une aille au théâtre en moyenne trois fois par mois, que l'autre soit végétarienne, que vous partiez toujours en Toscane pendant les grandes vacances, qu'il y ait des livres, des vinyles et des plantes partout dans l'appartement, ne faisait pas de vous des « bobos » :

> Ma chérie je t'arrête, il y a peut-être des livres partout, mais le plafond risque de s'effondrer dans la salle de bains et la cuisine. Nous vivons dans un logement *social* de quatre-vingts mètres carrés auquel nous avons accès parce que je suis mère célibataire, vous êtes boursières, les bobos ne sont pas boursiers.

Les termes « ma chérie » et « mère célibataire » ont été les éléments déclencheurs du claquage de porte. « Ma chérie » parce que tu ne supportes pas que la mère emploie ces termes en plein débat. Ces deux mots te déstabilisent, font monter en toi une bouffée d'énervement qu'il t'est ensuite difficile de contrôler. Toujours tu te fais avoir, elle sait que tu détestes ça, que tu hais la condescendance de ces deux mots. « Mère célibataire » parce qu'ils sont une autoroute qui vous dirige tout droit vers des sujets sensibles : l'économie familiale et toute sa cuisine interne, la répartition du budget et de la garde des enfants entre père et mère.

Tu ne veux pas aller sur ce terrain-là,
Luna.

   Toi non plus, maman.

                    Non je ne veux pas
parce qu'il faudrait alors que je te dise
combien vous m'avez coûté jusque-là toi et ta
sœur et qu'on compare avec ton père. Et tu es
d'accord, on ne va pas faire ça, si ?

                              Faire quoi ?

   Compter. Je ne sais pas toi, mais moi je m'y
refuse.

        Merci, merci, vraiment je t'en suis très
reconnaissante, bravo !

                    Luna, arrête !

Tu as aimé claquer la porte de la chambre, mais
maintenant tu es coincée. Lorsqu'on claque une porte
on est condamné à rester derrière un certain temps,
on ne peut pas tout de suite la rouvrir. Il faut attendre.
Il faut faire durer le moment de rupture, faire durer
le silence. Sinon l'effet est gâché et l'amour-propre
mis à mal.

   Derrière la porte, tu te sens piégée ; de toi-même tu
t'es enfermée dans le seul endroit de l'appartement que
tu n'aimes pas. *Pas ta chambre ; votre chambre, la chambre,
une chambre.* Tu n'aimes pas la retrouver, ni le soir quand
tu viens y dormir, ni le matin quand tu ouvres les yeux.

Tu te sens bête, tu t'es punie toute seule. Tu as vingt ans et tu t'es mise au coin. Tu as aimé claquer la porte mais tu aurais dû rester à table.

Assise à même le sol contre la porte refermée, tu observes pour la première fois depuis longtemps cet espace qui a toujours refusé d'être à toi. Cette chambre est un entrepôt, un lieu de transit, qui recueille les objets et les corps pour une durée plus ou moins longue, son rôle est purement fonctionnel. La chambre stocke. La chambre stocke et déborde à force de stocker : elle déborde de meubles : deux lits mezzanine, deux bureaux, deux penderies, une armoire, une bibliothèque ; elle déborde de vêtements qui ne rentrent plus dans les meubles, de livres que les rayons de la bibliothèque ne peuvent plus accueillir, de bibelots rapportés de vacances, de vieilles cartes postales et de photographies, marques de plusieurs tentatives infructueuses d'appropriation. Il y a eu différentes salves de collage, d'affichage, toutes ont échoué. Face à toi, épinglés sur les rebords d'une étagère, les visages d'anciens amis depuis longtemps devenus des inconnus te fixent.

Au-dessus de ta tête, la poignée de la porte s'abaisse, le battant pousse dans ton dos et la voix de la sœur retentit derrière :

Luna ! Qu'est-ce que tu fous ?

Rien.

Tu t'es levée pour laisser la porte s'ouvrir et la sœur est entrée. Toutes les deux, vous vous changez en silence et glissez vos corps dans des vêtements confortables pour la nuit. Tu n'as pas envie de parler. Tu sais que la sœur l'a senti en arrivant dans la pièce et tu lui en es reconnaissante.

Dans le fumoir, la cigarette grésille entre les doigts et la porte bat, s'ouvre, se ferme, les gens entrent et sortent, sortent et entrent, le regard ne s'en détache plus. La porte sert de point d'accroche alors que depuis quelques minutes le monde s'est mis à tourner doucement.

La ceinture rouge garrotte la ville, cela fait longtemps que personne n'y fait plus attention, ne la discerne plus. La ceinture rouge a été oubliée. Pourtant, il y a plus d'un siècle, la ceinture rouge a été gourmande, elle a grignoté à grande vitesse le plus grand bidonville de France : la Zone. La Zone, en bas des derniers remparts de Paris. Les briques rouges l'ont remplacée, ont délogé ses milliers d'habitants.

Aujourd'hui on parle de la ceinture grise, du tout gris, du béton gris. Béton souci.

On parle de la ceinture verte qu'il faudrait créer. Ceinture verte sur la petite ceinture, sur l'ancienne ceinture de fer. Ceinture verte pour recouvrir le périphérique. Ceinture verte pour un avenir moins gris et moins chaud. Ceinture verte pour protéger la couche d'ozone, ceinture contre les ultraviolets.

On ne parle jamais plus de la ceinture rouge. Chaque porte de la ville en est un trou : porte des Lilas, porte de la Chapelle, porte de Pantin, porte Dorée, porte de Charenton, porte d'Ivry. Les portes. Trous de la ceinture.

La porte du fumoir s'est ouverte et il s'est glissé dans son battement.

Son visage est connu, il a déjà été aperçu plus tôt, au sous-sol, visage bleu, vert, rose.

Maintenant, la peau du visage est pâle, les joues légèrement teintées de rose, rose chaleur, rose alcool, les yeux foncés.

Dans le fumoir, la cigarette grésille toujours mais les yeux se sont détournés de la porte et de cette silhouette qu'elle a fait apparaître.

Au sous-sol, le visage qui vient de surgir a été repéré, son regard évité parce qu'il cherchait trop à voir. Un regard qui touchait trop avec les yeux, fui car au moindre croisement c'était certain qu'il resterait collé comme à du papier tue-mouche sur le visage, sur le corps qui prenait du plaisir à danser sur la piste.

Mais dans la danse on ne contrôle pas toujours où les yeux vont.

Un accident.

Les yeux se sont rencontrés et, sans surprise, son regard trop chargé s'est collé.

Fuite des yeux vers le plancher, vers le rire des amis à côté qui n'ont pas vu, et puis l'envie d'aller prendre l'air, de changer d'ambiance, de souffler.

La cigarette brûle, les yeux fixent un groupe dont les membres parlent trop fort.

Dans la fumée des cigarettes, les silhouettes s'animent, se chamaillent, mais le regard ne fait que les effleurer, ne cherche pas à les observer. La vision est presque floue. Les corps qui s'agitent juste à côté sont une excuse pour ne pas regarder en face, la porte et ce visage qui s'avance de plus en plus, qui s'approche tout près, qui s'est arrêté à quelques centimètres, les corps qui bougent comme un prétexte pour ne pas faire attention à la bouche qui se prépare à s'ouvrir, qui ne veut résolument pas se taire.

Salut !

Et puis, sans attendre de réponse :

Tu viens d'où ?

Les trous dans la ceinture rouge.

La mère et la sœur habitent dedans et toi avec elles. Porte de Vincennes. La barre d'immeubles aux briques ocre. Celle qui a brûlé il y a dix ans, qui a brûlé à nouveau il y a trois ans, tu habites encore dedans.

Les barres rouges de HBM, habitations bon marché détenues par le plus grand bailleur social de la Ville de Paris.

Dans un quartier dont personne ne parle, un des rares quartiers anonymes de la ville, entre le périphérique et la belle partie du douzième arrondissement, celle coincée entre l'ange doré de la Bastille et le bronze dénudé de la Nation.

Les murs, les briques, la couleur des briques et le périphérique dont on entend le ronronnement continu de la cour.

Arrête, tu vois ce que je veux dire ! il dit.

Dis ! il dit.

Fais pas la maligne !

Allez dis !

Tes cheveux ils viennent d'où ?

Ils viennent pas du douzième arrondissement, il dit.

Ils sont beaux tes cheveux, il dit.

Et sa main décide d'accompagner sa phrase, c'est tout naturel pour cette main.

La main directement dans les boucles, au fond des boucles, tellement loin dans la masse qu'elle finit par toucher le cuir chevelu.

Elle brûle, la main.

Frisson et la tête qui se dégage du contact.

Allez ! Dis ! il dit.

Tu viens d'où pour de vrai ?

Raconte, il dit.

Ta cambrure et ton cul ils viennent d'où ?

Dis. Réponds.

Raconte, il souffle.

Dans la chambre, toi et ta sœur vous déshabillez en silence, sans vous soucier des volets laissés ouverts ni des éventuels regards des voisins. Vous avez depuis longtemps accepté la possibilité d'avoir déjà été aperçues nues par une partie du voisinage. Les seules fois où votre pudeur sursaute – souvent lorsque le voisin juste en face fume à sa fenêtre et que vous le voyez vous voir –, vous choisissez, plutôt que de fermer les volets, de vous cacher derrière le pan d'une des armoires. Il n'y a pas de rideaux et les volets ne se ferment que pour la nuit.

Dans cette chambre, alors que vous vous changez toutes les deux, votre nudité est pour vous absolument neutre ; la question du regard de l'autre ne se pose pas. C'est peut-être pour cela aussi que la peur de celui des voisins disparaît ; au moment où vous vous changez toutes les deux dans la chambre, il n'y a pour vous aucun enjeu derrière cette nudité, aucune appréhension. Vos corps sont nus, c'est tout.

Il dit dans l'oreille.

La lèvre touche le lobe.

La main qui cherchait le crâne sous les cheveux s'arrête maintenant sur la nuque.

Vous m'excitez

Vous m'excitez tellement, il dit.

Les métisses, il dit.

Oui

Oh oui

Vous êtes tellement bonnes, il dit.

La main descend le long de la colonne vertébrale.

Dans le fumoir, le monde. Le fumoir s'est rempli d'un coup, changement de DJ, tous les fumeurs de la boîte en profitent pour sortir, tous leurs amis non fumeurs les suivent. *Toute sortie de l'établissement est définitive après 23 h 30.*

Le monde se bouscule et presse la main contre le corps.

Il n'y a pas d'espace pour se dégager.

La main excitée court sur le dos.

Dans le lit, tu t'agites. La mezzanine grince. Le lit se plaint. Au moment de sa construction personne ne lui a dit qu'il devrait accueillir ce corps-là. Un corps trop grand pour lui, nerveux. Le lit a été conçu pour un corps d'enfant, petit, léger, souple. Tout l'indique dans son ossature : le ventre trop maigre du matelas peine à dissimuler la rigidité de ses lattes, fines côtes soutenues par quatre jambes de bois trop frêles.

Dans le lit, ton corps à toi a toujours refusé de se lover. Le haut du dos, voûté par une scoliose, repousse le matelas dans ses retranchements tandis que le bas, trop cambré, refuse tout contact avec lui.

Pendant longtemps le lit a dû accueillir le poids supplémentaire d'un corset censé remettre bien droit le dos capricieux. Un objet dur et froid qui a pesé sur ses lattes. C'est à cette période qu'il a commencé à grincer, il ne s'est plus arrêté depuis.

Le jour où le corset est arrivé, la partie du dos allant du creux des reins jusqu'aux omoplates a disparu.

Le reste du corps était bien là pourtant qui s'enfonçait dans le matelas, mais le dos récalcitrant, lui, avait été remplacé par une surface rigide et lisse composée d'une matière qui resterait à jamais indéterminée. Un alliage de mousse et de polystyrène peut-être ? Cette surface était la base d'une couche de matière, épaisse de cinq centimètres environ, qui séparait le lit du dos, le dos du lit.

Dans l'enceinte secrète de son cabinet, l'orthopédiste avait expliqué que cette partie-là du corset en était la pièce maîtresse, celle qui allait redresser, remettre bien droit le dos rebelle. « Tout se joue à l'endroit où ce bloc compact s'arrête, là juste en dessous des omoplates. La clef, c'est la loi de la pesanteur. » Pour dérouler la colonne vertébrale et empêcher les épaules de se voûter, il fallait surélever la partie inférieure du dos grâce au corset et laisser pendre dans le vide la partie supérieure.

La main dure contre les hanches.
Putain t'es vraiment trop bonne.
Il dit.

C'est l'été.

En plastique dur, le moulage de tes côtes et de tes hanches. Deux bandes en velcro le serrent contre toi. Tu le sens coller au coton de ton pyjama. Millimètre de tissu qui sépare ta peau nue de son double plastifié.

C'est l'été dehors, toute la journée le soleil chauffe le bitume et l'air se transforme en mirage.

L'été de tes seize ans.

Le soir, deux tiges de métal torses contournent ta poitrine et leurs extrémités se plaquent sur tes pectoraux, maintiennent ton dos contre le lit. Tu ne peux plus bouger. Tu ne peux plus te tourner, ni sur le côté ni sur le ventre. Rester sur le dos, le dos sur le bloc tout dur, trop dur. Tu respires fort, luttes pour que le moulage accepte le mouvement de ta cage thoracique qui se dilate.

Les pales du ventilateur sont lancées à pleine vitesse mais l'appartement ne se rafraîchit pas. Tu ne supportes pas de dormir sans être recouverte, même pendant la canicule ; le drap te semble lourd. Lui et le corset emmagasinent la chaleur de ta peau. Tu sues.

L'immobilité te pique, elle fait des étincelles dans tout ton corps. Tu essaies de replacer tes hanches à l'intérieur de leur moule. Le moule se frotte à toi, il frotte frotte frotte, mais tu ne desserres pas les bandes velcro, tu ne te détaches pas des tiges. La frustration grandit et les étincelles se multiplient dans la nuit de ta chambre.

Tu commences à sentir un picotement tout le long de ta colonne vertébrale, le long de la ligne en dessous des omoplates. Nord-sud, est-ouest. Ton dos est un territoire dont tu connais chaque parcelle. Tu sais ce qui va arriver. Bientôt, sous le drap, le feu. Il commence avec des étincelles et puis des foyers s'allument. Tu sais comment les choses se passent dans ces cas-là. Il n'y a pas d'eau pour éteindre ces flammes-là.

Bientôt tes muscles dorsaux crépitent.

Tes trapèzes grésillent.

Tes hanches flambent.

Et la douleur s'engouffre.

Bientôt tu ne pourras plus penser qu'à elle.

Mais tu ne desserreras pas les bandes velcro.

Bientôt, sous le drap, le feu.

Le feu Au feu Le feu.

Il y a cinq ans, le feu a duré toute la nuit.

Le dos hurle et tu chantes la chanson de l'orage pour t'endormir. *Parlez-moi de la pluie et non pas du beau temps, le beau temps me dégoûte et m'fait grincer les dents.*

Il faut qu'il pleuve sur les braises.

Tu penses à demain. Demain. L'océan que tu aimes tellement. Pas la mer chaude du Sud. L'océan froid qui mord qu'il vente ou qu'il fasse soleil. Flotter en étoile, se laisser porter par le sel.

L'eau glacée grignote les uns après les autres tes membres qui ont brûlé la nuit passée ; au gré des vagues, elle lèche ta figure face contre ciel. Sur la membrane de tes paupières closes passent des taches orange et ocre : le soleil tape sur ton visage, mais tu ne sens plus que les langues mouillées de l'océan. Ton corps disparaît, tu ne le sens plus, il se délite dans l'eau trop froide. Tu pourrais rester là des heures à te laisser partir morceau après morceau.

La vague. Tu roules dedans. Tu ne te débats pas, n'essaies pas d'y échapper, tu laisses tous tes membres être déplacés par l'eau qui déferle. Comme un pantin. Tu ne fais pas attention au sable qui rentre partout, dans ton nez, tes yeux, ta bouche, à l'intérieur de ton maillot, seulement au plaisir étrange de sentir tes muscles et tes os contraints par la puissance de la vague à se mouvoir librement. Plus rien pour les contenir, les empêcher de bouger. La vague t'avale et te balade, te faisant découvrir des postures que tu n'aurais pas pu imaginer seule, que tu n'aurais jamais pensé prendre un jour, que tu ne retrouveras sûrement jamais.

Tu danses et manges la poussière. Plusieurs fois la vague t'emporte et toi tu te laisses glisser, tu te dis que si personne ne vient te chercher tu resteras pour toujours à l'intérieur de cette eau froide qui tourne sur elle-même.

Un tour, deux tours, trois tours, quatre tours.

Et puis le sable et les algues humides de la plage. Pantelante.

Dans le fumoir.
Oh oui t'es trop bonne !
Dans la fumée.
Les rires autour de toi, les discussions avinées.
La fumée te fait disparaître,
Elle te cache.
Les rires.
On ne te voit plus.
La fumée des cigarettes,
Les rires
Te dissimulent,
Et personne ne le voit
Qui se frotte contre toi,
Qui se frotte contre ton dos,
Se frotte contre tes hanches,
Contre ton cul.

Les rires.
Oh oui ta crinière là

T'es une lionne, il dit.
Les métisses putain, il dit
Vous m'excitez tellement
Tellement bonnes oui !
Les rires.
Sa bite dure.
Les rires.

Putain oui t'es trop bonne, il dit.
Ton cul là !
Il dit.
Il dit,
T'as un don putain !
Ne bouge pas, il dit.

Les rires,
Son va-et-vient tout contre
Ton dos d'est en ouest, du nord au sud.
Oui c'est ça ne fais rien, reste comme ça, il dit.
La fumée des cigarettes,
La fumée tout autour de vous.

Les rires,
La fumée
Mangent ta face,
S'infiltrent dans tes poumons.

Je te veux, il dit.

La peur de ton corps nu au milieu des autres.

Tu en rêves souvent. Toi toute nue au milieu des gens qui passent, toi toute nue dans une rame de métro avec tous les autres habillés, toi toute nue au milieu d'un carnaval, toi toute nue au milieu des costumes et des masques ; tu sais que derrière chacun d'eux se cachent des visages et des noms connus mais il t'est impossible de deviner qui est qui.

Toi toute nue sur une scène. Il y avait une chorégraphie, il y avait des pas à effectuer, tu les vois qui défilent dans ta tête ; le spectacle était beau mais tes pieds ont été collés au sol. Toi toute nue sur la scène et les gens qui attendent et la musique qui commence et les images que tu dois reproduire qui passent dans ta tête et l'attente du public et tes pieds collés et les larmes qui coulent.

Puis la vague de rage qui déferle et le cri qui hurle à travers tout ton corps. Le cri dans la rame de métro, le cri au milieu du carnaval, le cri sur scène. Le cri dans le vide. Un cri pour un cri. Le visage déformé, les veines du front enflées dans la crispation et l'effort. Les yeux aveuglés par une rage qui n'est plus contenue. Un regard fou. Tout le corps tendu dans ce cri que personne ne veut ni ne doit entendre, une bestialité trouvée. Une chienne qui hurle à la mort ; ce hurlement donne des envies de meurtre. Qu'on la muselle, qu'on lui coupe la gorge à cette chienne de malheur, qu'on la pende par la queue et qu'on la laisse là dans le jardin pendant à son arbre. Étrange fruit suspendu aux branches du peuplier, senteur douce et fraîche des magnolias et odeur subite de la chair brûlante s'entremêlant. Comme dans la chanson, celle qui fait pleurer la mère.

Tu ne cries que dans tes rêves.

Ne sais crier que dans tes rêves.

Quand tu ne dors pas, plutôt te mettre nue devant mille personnes que de crier devant elles.

Ton cri nu est ce qui te fait le plus peur, peut-être parce que tu ne saurais pas comment l'arrêter.

Aspirer son désir sale. Son désir pour mon cul de métisse, ma crinière de métisse, mes seins, mon dos et ma cambrure de métisse.

Faire déborder de lui son désir et ses projections. Que bientôt les mille yeux du fumoir contemplent sa jouissance sale. Je veux qu'il jouisse salement et que tout le monde le voie, là. Que les gens imaginent son membre encore plein de sperme dans son caleçon, peiner à se rabougrir alors que je claque la porte et que je le laisse là trop abêti pour réagir.

Ses tempes que son envie fait battre, je veux qu'elles explosent, qu'elles lui crèvent à la gueule, je veux que le sang lui monte si fort à la bite et à la tête qu'il en étouffe comme j'étouffe depuis qu'il est arrivé dans ce fumoir.

C'est ça que tu voulais, non ? je lui dirais.

C'est cela que tu voulais quand tu t'es collé à moi et que tu as pris possession de mon dos, que tu m'as soufflé à l'oreille tes fantasmes et ton désir d'exotisme. Ma lionne, tu m'as dit, oh ton cul, je veux le bouffer ton cul là.

Oui reste bien sage, reste bien tranquille, avec ta belle crinière, tu m'as dit.

Ma bite, sa cage, tu t'es dit. Ma bite sa cage.

Je te veux, tu as dit. Je te veux, tu dis.

D'accord.

D'accord mon tout blanc, mon tout dur, d'accord.

Cela te surprend ? C'est ce que tu voulais pourtant.

D'accord, oui d'accord, tu vas jouir de tes fantasmes, d'accord, tu vas être tellement plein d'eux que tu ne pourras plus les contenir en toi… Quoi ? Qu'est-ce qu'il y a ? Ne t'inquiète pas, non ne rougis pas ! Tu deviens pudique ? Pourquoi ?

Je ne fais que remuer mon beau cul contre toi, oh oui, mon bassin tourne magnifiquement bien, tu sais ce sont sûrement les gènes, mes gènes qui viennent de là-bas, tu sais dans le désert, là-bas bien loin, je suis une lionne, tu as dit, dans mon désert on remue bien son cul. Oh oui mon bassin parfaitement huilé tourne dans un sens et puis dans l'autre, au rythme de la porte qui s'ouvre et se ferme en face de nous. C'est ce que tu dési-rais non ? Mes fesses fermes contre ta braguette. Elles sont bien pleines, musclées mais avec une pellicule de cellulite qui s'adapte parfaitement à ton corps… Quoi ? Tu ne les sens pas là qui accompagnent tes moindres mouvements ? Pourtant plaqué comme tu es, dos contre le mur du fumoir, tu ne dois sentir qu'elles. J'ai un don, tu as dit. Oh oui c'est vrai mon tout blanc, je vois qu'elles font leur effet mes deux fesses contre ta queue. Elle est de plus en plus dure, bientôt elle n'aura plus qu'une seule envie ce sera de se fondre en moi, bientôt tu ne pourras plus penser qu'à elle qui veut entrer en moi. Disparaître à l'intérieur de mon bas-ventre. Tu supplieras bientôt, soit pour que j'arrête, que je te laisse reprendre ton souffle, soit pour que j'accepte enfin de te dévorer… Quoi ? Ce n'est pas ce que tu voulais ? Les lionnes mordent pourtant. Tu le sais ça. Ma lionne, tu as dit. Je ne te vois pas, je suis dos à toi mais je sens que ta peau rougit, oui je te sens qui chauffe là tout contre moi, tu transpires sous ta chemise trop déboutonnée… Quoi ? Tu voudrais te défaire de moi maintenant ? Mais non ne bouge pas mon tout blanc, vois mon bras qui se lève, se replie sur lui-même pour que ma main puisse bien saisir ta nuque. Admire comme mon dos se cambre quand je relève ce bras à la peau dorée par le soleil de mai, vois le bel arc convexe de mon dos. C'est ce que tu désirais, là quand tu es entré, quand tu as collé ton regard sur moi lorsque j'étais en train de danser tout à l'heure. Je te veux, tu as dit. Tu as fait un vœu, il s'exauce, regarde. Reste là, laisse-toi faire, tu n'as rien à faire mon tout blanc, je suis là contre toi, j'ai ça dans le sang, j'ai le don. Reste là.

Je vais accélérer maintenant. Tu entends ? Derrière la porte du fumoir, la musique a repris et elle s'emballe, tu ne l'entends pas ? Imagine, oh oui elle s'emballe la musique et voilà ma crinière qui ne cesse de revenir dans ta face, tu sens mes boucles comme elles sont douces ? Leur parfum tu le sens ? Ma crinière aux mille senteurs. Ma crinière qui sent la vanille, ma crinière à l'odeur de karité, ma crinière d'argan et de jojoba, ma crinière de miel. Là-dessus tu t'es trompé, les lionnes n'ont pas de crinière. Mais ce n'est pas grave, je te pardonne cette erreur. Je serai l'exception qui confirme la règle. Et toi, tu vas bientôt jouir, le nez dans la jungle de mes cheveux. Tu sens comme leur odeur t'enivre ? J'ai le don, tu as dit. J'ai le don, tu sais. Tu sens comme les parfums de chez moi te montent à la tête ? Oh, ils sont presque irrespirables pour ceux qui n'ont pas l'habitude je sais, mon tout blanc, mon tout dur, ils t'étouffent presque. Mes cheveux de métisse dans tes narines. Tu es écarlate mon tout blanc. Mes parfums et ton sang te montent à la bite. Tu y es presque, ton vœu est presque exaucé… Quoi ? Je t'avais dit que tu voudrais bientôt reprendre ta respiration. Qu'est-ce qui te gêne ? Le regard des gens autour de nous ? Oh mon tout dur, mon tout blanc, il ne te gênait pas juste avant, et puis regarde personne ne fait vraiment attention à nous, regarde les gens autour de nous, ils rient, ils fument, la fumée des cigarettes te dissimule, tu n'existes plus pour eux. Ce n'est pas le moment de faiblir mon tout blanc, tu es presque là. Il n'y a plus que moi et mon beau cul qui creuse toujours plus profond le même sillon. Toujours plus vite. Oh oui mon tout blanc, mon tout dur,

58

ça y est, tu y es, mon dos de lionne qui se cambre, tu ne penses plus qu'à le rejoindre, que ton ventre et ton torse puissent se frotter à lui, et mes fesses qui tapent, qui cognent, oui ça y est je te sens qui ne peux plus penser qu'à elles, supplier qu'elles reviennent chaque fois qu'elles se détachent un peu, oh oui mon tout blanc, tu ne respires plus que pour que mon corps continue le mouvement lancé, le sang monte, le sang te monte et tu en suffoques presque, non mon tout blanc, ne retiens pas le râle qui grimpe à ta gorge, oui je suis là, je suis là, tout ton corps pour mon cul de métisse qui l'aspire.

Vite, vite, vite je vais.

Son cul

Son cul

Son cul, tu penses.

Me briser

Me fracasser contre toi

Me démolir

En toi,

Je veux me démolir, tu souffles.

Encore plus vite, vite, plus vite je vais, mon tout blanc, mon trop dur.

Oh oui, disparaître dans ta chatte de lionne

Je t'en supplie, qu'elle me bouffe

Tu ahanes,

Que tu me bouffes

Me bouffes

Oh oui, je veux

Oh mon tout blanc, oui vite, vite, ton vœu, ton vœu
Oh oui, la lionne,
Je t'en prie,
Que tu me dévores
Tu gémis,
Mon tout tout blanc !
Tout de suite,
Maintenant !
Maintenant,
Tu supplies
Je veux
Je veux
Je veux

Dans tes rêves tu t'évanouis, tu disparais juste avant qu'il ne jouisse, tu te détaches au moment où son dernier soupir monte derrière sa glotte. Il jouit seul et tous les regards se tournent vers lui, il a beuglé et le rideau de fumée qui les enveloppait, lui et ses fantasmes, qui le dérobait à la vue des autres, s'est ouvert. Il ne sait plus où se mettre, il bégaie, il ne voit plus que les bouches des personnes autour de lui qui se tordent dans un même rire, il en crève presque. Puis les images s'estompent, tout disparaît autour de toi et tu te retrouves seule dans le noir de ta chambre. Le souffle court, le sexe chaud et mouillé, tu ne peux t'empêcher d'avoir honte. Honte parce que ces images t'obsèdent, parce qu'elles reviennent quand le souvenir des phrases qu'il a prononcées dans le fumoir, de ses gestes, remonte à la surface de ta mémoire mais aussi chaque fois que tu te rappelles les phrases, toujours les mêmes, qui te sont lancées ; les phrases de la rue, les phrases des bus, des terrasses de café, les phrases jetées à la volée et qui ont tout juste le temps d'atteindre tes tympans alors que tu traces ta route à vélo. Toujours ces mêmes voix, ces mêmes phrases qui te demandent d'où tu viens, d'où viennent tes cheveux, et ensuite te transforment en un morceau de chair exotique et baisable que l'on emmènerait bien faire un tour à l'hôtel.

Tu n'as pas honte des images en elles-mêmes, tu les aimes même, mais tu as honte parce qu'elles prouvent que ses fantasmes à lui, leurs fantasmes à eux t'ont tellement imprégnée que les tiens n'arrivent plus qu'à y répondre. Tu as honte parce que tu vois qu'une partie de toi a fini par céder et qu'ils sont en train de réussir à s'infiltrer dans une brèche que tu t'étais promis de ne jamais laisser s'ouvrir. Tu as honte parce que tu as peur. Tu as peur de ne plus jamais réussir à te voir autrement qu'à travers leurs yeux. Pour les autres, n'être plus qu'un corps.

Ne plus voir mon corps qu'à travers vos regards et vos désirs.

Que détourner vos propres fantasmes soit ma seule et unique victoire.

17 JUIN

Luna, Luna, Luna ?

Le feu va bientôt passer au vert et deux petites mains serrent les tiennes. Celle de droite est nerveuse ; moite, elle s'agrippe et de temps en temps réclame de l'attention en tirant quelques coups secs.

Luna, Luna, Luna ?

À gauche, l'autre main ne peut s'empêcher d'entraîner tout ton bras dans un grand mouvement de balancier et se sert de l'élan insufflé pour tenter de s'échapper.

Luna, tu connais l'histoire de Monsieur Grand ?
Non. Toi oui ?
Moi je connais l'histoire de Monsieur Petit.
Si Monsieur Petit il existe,
pourquoi Monsieur Grand il existe pas ?

Tu as l'habitude de ces deux petites mains aux désirs contraires, tu connais leurs motivations et sais prédire leurs mouvements. Cela fait deux ans que trois fois par semaine à seize heures trente ton centre de gravité se détriple et que les deux petites mains s'agrippent à tes doigts pour rentrer de l'école.

Tu sais comment rassurer celle de droite et calmer celle de gauche : à droite ton pouce passe et repasse légèrement sur le dos de la main inquiète pour lui assurer qu'elle ne sera pas lâchée, à gauche ton bras se laisse entraîner dans le mouvement imposé mais tes doigts restent fermement serrés autour de la main espiègle. Si l'une des deux s'agite trop, il suffit de faire naître en elle la perspective d'une nouvelle occupation une fois à la maison ; combats à l'épée de bois, Kapla, Playmobil, coloriages deviennent alors autant de motivations pour rester tranquille le temps de faire le tour de la place de la Nation.

Ton téléphone vibre dans la poche arrière de ton jean et la déflagration se répercute dans ta fesse gauche mais tes deux mains sont prises, réquisitionnées par celles de Louis et de Maxime.

Luna ?...
Oui ? Pardon, j'étais dans ma bulle.
Dans ta bulle ?
Comment on fait pour rentrer dans une bulle ?
Est-ce qu'elle peut exploser ?

Oui mais il y a un trampoline en bas au cas où.
Au cas où quoi ?

Le feu passe au vert. Ta tête tourne à gauche puis à droite.

On traverse !

En longeant la terrasse ensoleillée du Canon, ton regard surprend celui d'une femme qui vous dévisage, toi et les deux enfants qui t'accompagnent, que tu accompagnes : sans la moindre gêne, les yeux passent de ta silhouette à celles des deux corps pendus à tes bras. Tu connais ce regard ; tu l'as déjà remarqué chez plusieurs personnes que tu as croisées en ramenant chez eux les deux enfants. Tous les trois, vous vous ressemblez beaucoup. Tu pourrais être leur sœur. Tu pourrais être leur mère, une mère très jeune. Les yeux de la femme assise à la terrasse continuent de vous fixer : une mère trop jeune. Même nez, même bouche à l'arc de Cupidon bandé, mêmes yeux bleus, même peau qui a profité des premiers rayons estivaux pour dorer. Et surtout mêmes cheveux : trois masses épaisses de boucles indisciplinées qui se répandent autour du visage. Trois masses qui refusent de s'excuser d'être là et qui auréolent vos trois visages d'un nuage mousseux. Seule la teinte diffère : l'auréole de Maxime est noire, la tienne châtain foncé, celle de Louis d'un roux sombre. Une parfaite trinité. Du reste, hormis cette distinction capillaire, il est presque impossible de différencier Louis de Maxime. Sur le chemin de la maison, tu es la seule qui saisis la radicale différence entre ces corps jumeaux qui marchent à côté de toi. Tu en tiens la preuve tangible dans chacune de tes paumes.

La femme du Canon est installée avec nonchalance sur un siège en plastique tressé, une de ses mains tient une cigarette qui se consume lentement, l'autre caresse distraitement le verre d'un demi de bière blonde, son regard est sans détour, franc. Il s'est posé sur votre ressemblance frappante, une ressemblance qui semble lui avoir octroyé le droit de scruter.

En passant devant la femme tu rends le regard, souris, « Bonjour ! » tu dis. Les yeux disparaissent derrière les paupières puis se perdent dans les fausses marbrures de la table de café. Tes muscles zygomatiques, eux, restent bien tendus.

Il n'y a plus qu'un seul passage piéton à traverser : la main droite continue d'être tirée, la main gauche de se balancer.

L'eau jaillit du pommeau de douche.

Luna, Luna, Luna !

Nouvelle déflagration dans la fesse gauche, ta poche arrière vibre.

Luna ?
Oui… quoi ?
L'eau est trop chaude… Trop froide, trop chaude, encore trop chaude, trop froide, trop chaude, trop fr… ah c'est bon !

Tu sors le téléphone de ta poche. L'écran indique quatre messages non lus d'Élodie. Elle te demande quand tu comptes la rejoindre à la manifestation qui a déjà commencé depuis une heure, manifestation contre les violences racistes, elle ne comprend pas ton silence parce qu'il y a quelques jours tu lui as dit que tu viendrais, tu as saisi la perche qu'elle te tendait en te proposant de les rejoindre, elle et d'autres amis, pour faire la marche ensemble. Elle ne comprend pas parce que tu avais l'air décidée à venir, à rejoindre la foule, les pancartes, à écouter les prises de parole au début de la manifestation, à attendre un peu trop longtemps que le cortège se mette en route, parce que « ça bloque, ça gaze à l'avant », prête à partager une canette de 16 pour oublier votre piétinement, à crier en chœur slogans et colère, tes mains déterminées à taper contre les grillages de chantier pour faire le plus de bruit possible, tu avais l'air prête à rester jusqu'au bout, jusqu'au moment des nasses, à supporter l'étau des CRS, leurs charges, tes yeux brûlés de gaz lacrymo. Mais là, tu n'es pas au rendez-vous, tu ne réponds pas, tu fais la sourde oreille, et à la place du grillage contre tes paumes il y a eu les mains de Louis et de Maxime d'abord puis le pommeau de douche dans celle de droite, ton téléphone dans celle de gauche.

Finalement tu ne peux pas venir, tu réponds en faisant attention à ne pas faire tomber ton téléphone dans la baignoire. Tu gardes les jumeaux et tu as d'autres choses prévues pour le reste de la soirée, tu expliques. La vérité, c'est que tu as accepté ce baby-sitting à la dernière minute, tu t'es portée volontaire pour dépanner parce que la mère de Louis et Maxime ne s'en sort plus toute seule, qu'elle est épuisée. Ils sont bien deux parents qui vivent ensemble, dorment ensemble, mangent ensemble, discutent, rient, partent en vacances ensemble, qui s'aiment sûrement. Mais elle est seule.

Seule à s'être mise au maximum du temps partiel pour se dégager un peu plus de temps avec Louis et Maxime.

Seule à les emmener à l'école avant le travail.

Seule à ranger leur chambre et faire leur lessive.

Seule à penser à leurs goûters : compotes et gâteaux secs ou pains au lait. Seule à préparer leur dîner du lendemain lorsqu'ils sont couchés ou pas encore levés. Sur le coup de six heures du matin, odeur vinaigrette, odeur coquillettes au jambon-beurre, odeur spaghettis bolognaise, odeur poulet. Danette vanille pour Louis, Danette chocolat pour Maxime. Un menu entrée plat dessert, banquet garni d'aliments rapides à cuisiner, vous attend toujours toi et les jumeaux quand vous rentrez de l'école. Posé bien en évidence sur le plan de travail, accompagné d'un Post-it avec écrit dessus un bonjour, quelques instructions pour toi et un mot affectueux pour les enfants. Quand vous rentrez et qu'elle n'est pas là, tu sens partout sa présence qui vous enveloppe tous les trois. Son attention reste en suspension dans l'air alors même qu'elle a fermé la porte d'entrée à double tour, pris l'ascenseur, quitté l'immeuble depuis plusieurs heures déjà.

C'est seulement dans le creux de son omniprésence à elle que se devine la présence de son mari. Tu l'as croisé les rares fois où elle n'a pas pu être au rendez-vous à dix-neuf heures, fin officielle du baby-sitting. Lui, il arrive toujours accompagné d'une indifférence cordiale, votre discussion n'est jamais sortie des rails de l'échange d'informations pratiques. Tu lui dis que l'après-midi s'est bien passé, que les jumeaux ont été sages même quand ils t'ont épuisée, même quand ils n'ont pas cessé de se disputer, tirage de cheveux, attaque ninja, coups de pied, moulinets de bras non maîtrisés à l'appui. Un sourire poli sur les lèvres, tu prends l'enveloppe qu'elle a posée sur le meuble de l'entrée et dans laquelle se trouve ta paie de la journée et tu refermes la porte de l'appartement.

Elle gère toujours, la mère, elle contorsionne son emploi du temps, elle aime ça même, elle te dit, la course contre la montre. Elle se débrouillera, elle te répète à chaque fois que tu lui demandes si elle n'a pas besoin que tu viennes en renfort le lendemain.

Mais lundi dernier tu l'as vue à bout de souffle, mains tremblantes, cernes jusqu'en bas des joues, ses cheveux d'habitude parfaitement tressés laissés en friche, réunis en une queue-de-cheval au bout rêche, tu l'as vue incapable de se souvenir de ce qu'elle voulait te dire, de ce qu'elle voulait, devait absolument faire. Elle a cherché à garder la face, à attendre que tu refermes la porte pour calmer sa respiration, mais son souffle s'est accéléré subitement, elle a perdu ses repères, son air s'est dérobé au bout de ses lèvres, n'a pas trouvé le bon chemin vers les poumons. Tu l'as assise, tu l'as presque forcée à s'asseoir sur un des fauteuils du salon et tu lui as dit qu'elle ne devait s'occuper de rien pour le moment, main droite passant et repassant dans son dos, tu lui as rappelé de respirer, tu lui as dit que tu resterais tout le temps qu'il lui faudrait pour récupérer son souffle.

Louis et Maxime ne lui laissent pas de répit, elle t'a dit, ils avalent sa présence, tous ses gestes quotidiens sont grignotés par leurs besoins, leurs désirs à eux, elle t'a avoué. Alors tu as dit que tu serais là le lendemain et tous les jours suivants de la semaine pour aller devant l'école et t'occuper de Louis et Maxime.

Ce n'est qu'en rentrant chez toi que tu t'es souvenue de toutes les choses que tu avais prévu de faire au cours des après-midi suivants : la manifestation du jeudi en tête de liste. Mais en y repensant une part de toi s'est sentie soulagée d'avoir trouvé une excuse pour ne pas y aller. Pourtant, en entendant parler de l'événement tu t'étais dit que ce serait le parfait endroit pour te délester quelques heures du poids des images qui ne cessent de ressurgir dans tes rêves la nuit, dans tes pensées le jour depuis la dernière soirée du mois de mai, depuis le fumoir, la peau blanche aux reflets bleus, verts et roses de l'homme contre ta peau à toi. Dans la foule de la manifestation tu pourrais anonymement crier tes larmes sans que nul sache vraiment ce qu'elles contiennent. Depuis l'agression dans la boîte de nuit, tu n'as pas pleuré, tu as tenté de garrotter le souvenir et tu n'as pas parlé de ce qu'il s'était passé, tu l'as gardé pour toi, tu es partie de la soirée sans dire au revoir aux amis présents, tu as tout juste envoyé un message à Élodie pour lui dire que tu étais fatiguée, pour qu'elle ne s'inquiète pas de ton absence.

Tu ne veux pas raconter, tu ne veux pas que les mots prennent corps dans ta bouche, les faire exister face à des personnes qui ne pourront que comprendre sans savoir, qui n'ont pas vécu. Tu ne veux pas de leur commisération à elles. Parce que depuis que tu as quitté ton collège, que tu es allée poursuivre tes études dans un petit lycée du Marais, tes amis sont presque tous blancs. Ils comprennent, mais ne savent pas, et quand ils se sont rendus à la manifestation en début d'après-midi, ils l'ont fait en disant qu'il était de leur devoir de dénoncer les violences racistes : ils ne les subissent pas et les taire, ne pas les exposer au grand jour, ne pas les combattre, les rend coupables. Toi de ton côté, même après la fumée suffocante de la boîte de nuit, tu ne sais pas exactement où te situer, tu ne te sens légitime nulle part, mais ce qui est sûr c'est que tu n'as pas envie d'aller manifester avec ces amis-là. L'évidence t'a frappée quand tu as vu les posts Instagram défiler hier, provenant de leurs comptes à tous, à toutes :

Je suis blanc·he, je n'ai donc pas le droit au silence :
– Je n'ai jamais subi d'arrestation au faciès.
– Personne n'a jamais changé de trottoir à cause de ma couleur de peau.
– Personne n'a jamais refusé et ne refusera de me louer un appartement à cause de ma couleur de peau.

— Personne ne m'a touché les cheveux sans me demander la permission avant.

Je suis blanc·he et n'ai donc pas le droit de ne pas prendre position, de ne pas m'engager et de ne pas dénoncer ces discriminations.

La liste heurte ta rétine, son anecdotisme. Privilège de pouvoir faire une sélection arbitraire de discriminations dont ils ont déjà entendu parler, auxquelles ils ont peut-être déjà assisté, indirectement participé. Privilège de ne pas être concernés par la question dans leur chair. Tu ne veux pas faire la marche avec eux et tu leur en veux. La liste pêle-mêle d'exemples de violences triés sur le volet, comme des cases à cocher, check check check check. Et toi qui marcherais à côté d'eux, qu'on pourrait confondre avec eux, qu'on confond avec eux, parce que tu as la peau claire et les yeux bleus. Toi qui entourée de leur présence disparais dans leur décor, dont la mère est devenue noire parce qu'ils étaient tous blancs, eux qui sont ton monde depuis des années et qui parlent d'injustice et de déterminisme social mais n'avaient pas remarqué avant que tu ne le leur dises que tu étais la seule personne non blanche de leur classe, de leur cercle de sociabilité, de leurs soirées, toi qui ne cocherais qu'une seule des quatre cases de leurs posts Instagram envahissant ton fil d'actualité. Lettres noires sur fond blanc pour dire haut et fort leur blancheur, c'est mesquin tu te dis, mais le diable est dans les détails.

Sur la feuille, les lignes noires s'entrelacent et les motifs évoluent, se transforment imperceptiblement pour former une rosace complexe. Prises dans leur ensemble, les lignes entremêlées s'unissent pour dessiner une fleur de lotus, mais l'œil peut aussi passer de nombreuses minutes à se perdre dans le détail de leur lacis.

Les mandalas t'ont toujours plu. Petite, tu pouvais rester des heures à observer le réseau que formaient les lignes sombres sur le papier blanc, à choisir les couleurs que tu allais utiliser avant de te mettre à colorier. Il fallait être précautionneuse, ne pas se tromper : une seule erreur, une seule fausse touche de couleur, et la logique implacable du dessin était trahie, sa parfaite symétrie rompue.

Le plus difficile était de concilier tes envies, ta vision avec celles de ta sœur, de vous répartir les tâches et l'espace de la fine feuille de papier A4 ; il venait toujours un moment où une main allait gêner l'autre, où le bleu se transformait en violet à l'autre bout de la rosace.

Maxime ! Voilà t'as tout gâché ! On avait dit vert !

Depuis plusieurs minutes, sur la table du salon, armées de feutres, les deux petites mains dansent dos contre dos le ballet dicté par les sinuosités des lignes imprimées. Le faux pas de Maxime a interrompu leur mouvement. Le feutre coupable, suspendu à quelques millimètres du papier, contemple le désastre. La faute ne pourra pas être réparée, Maxime le sait, tu le sais ; le bleu ne pourra plus être transformé en vert, même si l'on repasse avec du jaune dessus. Si l'on repasse sur le bleu, la feuille va se trouer : la pointe du feutre n'est pas assez fine, elle est trop chargée d'encre, trop humide. La faute est irréparable, Louis l'a immédiatement perçu et maintenant ce sont ses yeux qui sont trop humides ; alors qu'ils sont rivés sur la tache bleue, une mince pellicule d'eau salée vient les troubler, fait trembler les lignes enchevêtrées du dessin, puis va se poser juste à la limite entre la peau et les cils, en équilibre précaire, tout au bord. Les sourcils se froncent et les lèvres se pincent pour que les deux larmes ne débordent pas, pour les ravaler, et que personne ne sache qu'elles sont là, prêtes à glisser sur les cils et à rouler sur les joues. Surtout ne pas pleurer, ravaler la colère, ne pas pleurer, ravaler la frustration, ravaler les mauvais mots, les mots méchants qui veulent sortir, surtout ne pas pleurer, surtout déglutir.

Je te déteste.

Louis dit à Maxime.

Je te déteste déteste déteste déteste déteste.

Il répète.

Tu ne comprends jamais rien, tu détruis tout,
toujours tu casses.

La rage monte pour faire refluer les larmes. Les larmes
retenues de la journée, qui auraient pu, qui auraient
dû être versées quand les autres enfants de l'école se
sont moqués de lui, lui ont couru après, quand il est
tombé et qu'ils se sont tous regroupés pour se retrouver
ensemble dans un grand rire, dans les coups derrière le
muret à l'abri des regards des adultes. Les larmes retenues parce que le frère était là et qu'il n'a rien fait ; dans
le cercle, il est resté en retrait, immobile, mais quand
les autres sont partis il les a suivis. Les larmes retenues quand le frère est revenu pour l'aider à se relever
quelques minutes plus tard et qu'il a fallu faire comme
si rien ne s'était passé. Larmes camouflées par l'eau de
la douche quand il t'a raconté l'histoire et qu'il t'a fait
promettre de ne jamais en parler à personne. « Jure sur
ta mère, sur ton père, sur la personne que tu aimes le
plus au monde ! » Louis a dit, et dans ses yeux bleus

de sept ans et demi tu as vu l'éclair d'une menace, une colère qui t'ont fait peur. Tu as croisé les doigts derrière ton dos et tu as juré.

Toujours tu casses.

Louis répète.

La faute ne peut être réparée, tu le sais, mais afin d'aider Louis à ravaler ses larmes, afin de le distraire, tu t'approches de la feuille ; pour que Louis oublie la faute de Maxime, ta main entre dans la danse : tu te munis d'un feutre, en ôtes le capuchon et te penches à ton tour sur les lignes.

L'odeur est arrivée subitement, tu t'es penchée sur le coloriage et l'odeur t'a envahie. Une odeur de fruit, chimique, entêtante, à la fois suave et piquée d'une touche d'acidité : tu la connais bien cette odeur mais il y a longtemps que tu ne l'avais pas sentie. Maintenant elle a imprégné tes sinus et est remontée loin, très loin, par des canaux dérobés elle est remontée jusque dans le cerveau. Dans le cerveau, elle a navigué et trouvé le lieu où tes souvenirs se perdent, elle a ramené à la surface celui des feutres Trio Frutti, ceux avec des odeurs de fruits que vous utilisiez enfants, ta sœur Esther et toi.

L'époque où vous trouviez que les gens ne percevaient pas correctement les couleurs. Les couleurs, les adultes les confondent tout le temps, vous disiez. Vous le faisiez souvent remarquer aux parents, à ceux qui se trompaient.

Les couleurs, les gens les simplifient toujours, la sœur disait. Les adultes voient les gens en noir et blanc.

Enfants, vous ne compreniez pas.

À l'école, en cours d'arts plastiques, on apprend pourtant à nommer les couleurs, on apprend la différence entre les couleurs primaires et les couleurs secondaires, entre les couleurs froides et les couleurs chaudes. Rouge, bleu, jaune quand on les mélange font apparaître toutes les autres couleurs : orange, vert, violet…

Vous expliquez : le noir c'est quand on mélange les trois couleurs primaires fort, mais c'est jamais tout à fait noir, parce que c'est très difficile de mettre exactement la même quantité de chacune des couleurs primaires, le noir est toujours trop rouge, trop bleu, trop jaune. Et le blanc… il existe pas. C'est pas possible de le créer avec les autres couleurs. C'est comme ça. De toute façon, le noir et le blanc, vous ne les utilisez presque jamais. De toute façon, le noir et le blanc c'est pas des vraies couleurs. Le noir et le blanc n'existent que dans les films qu'Inna, votre grand-mère, vous fait regarder le dimanche matin quand vous dormez chez elle.

Dans vos livres de coloriage, vous essayez de redonner vie à vos personnages de dessins animés préférés en remplissant les contours à l'aide de vos feutres qui ont des odeurs de fruits : le violet sent le cassis, le rouge la fraise, le jaune le citron. Il faut être le plus proche possible de la réalité, mais les couleurs sont un peu grossières ; le plus difficile est de choisir une couleur pour la peau des personnages, mais le noir et le blanc ne sont pas des options.

Le blanc c'est laisser la page vierge : le personnage reste tout plat, sans vie ; le noir, on ne voit plus rien, les contours des dessins s'effacent. Et puis dans les deux cas ça ne va pas. Personne n'est tout blanc ou tout noir, vous dites.

Vous choisissez : la Belle au Bois Dormant aura la peau beige, Kirikou et Karaba la peau marron foncé, Pocahontas la peau marron clair ; la Belle au Bois Dormant sentira le pamplemousse artificiel, Karaba et Kirikou la vanille synthétique, Pocahontas l'amande approximative.

Maman aussi sent l'amande ; Abba, votre grand-père, le mari d'Inna, sent la vanille ; en hiver papa, Esther et toi sentez le pamplemousse, mais quand le soleil revient tu sens plutôt la mandarine et eux la framboise. Maman est marron clair. Abba marron foncé. Papa et Esther sont beiges en hiver, rosés en été. Le beige de ta peau devient plus orangé lorsqu'il est exposé au soleil.

Les adultes, eux, se trompent tout le temps. Maman dit que papa est blanc et qu'elle et Abba sont noirs. Esther et toi revendiquez votre peau beige et sa senteur pamplemousse.

C'est important, vous dites à votre mère que cela fait rire mais qui doit se rendre à l'évidence : ce qu'elle appelle blanc n'est pas blanc et ce qu'elle dit être noir n'est pas noir. « C'est une façon de parler, mes chéries. » Mais les chéries n'en démordent pas et un jour Esther le prend très mal quand une de ses camarades la compare à Blanche-Neige parce qu'elle a la peau très pâle et les cheveux très noirs, enfin très bruns, enfin châtain foncé qui blondit au soleil pour devenir plutôt châtain clair. Votre mère la comprend ; elle aussi elle a détesté quand, à l'école, on l'a appelée Blanche-Neige et qu'on a ri parce que la blague était drôle, parce qu'elle n'était pas blanche du tout, et qu'il n'y avait que deux petites filles marron clair et marron foncé dans l'école, deux petites filles qui sentaient trop fort la vanille et l'amande.

L'odeur d'agrume artificiel a surgi et tu as sauté à pieds joints dans le souvenir de cette époque au cours de laquelle ta sœur et toi avez milité pour le beige et le marron, persuadées que ces couleurs criardes associées aux effluves chimiques qui s'échappaient de vos feutres étaient d'un réalisme autrement plus convaincant que la très rigide opposition entre le noir-addition-de-toutes-les-couleurs-primaires et le blanc-absence-de-couleurs. Une époque où les couleurs avaient une odeur et une saveur. Une époque où les couleurs avaient déjà une importance. Une époque où leurs nuances en avaient une aussi. Aujourd'hui, le beige orangé de l'enfance est devenu une zone grise que tu as délaissée, mais tu ne sais pas par quoi la remplacer et les odeurs artificielles des feutres restent figées dans ton arrière-nez, un goût doux-amer en bouche.

Sur le palier de ton appartement, derrière la porte close on entend la radio crachoter. Ni la mère ni la sœur ne sont encore rentrées et quand elles arriveront tu ne seras plus là. Tu passes en coup de vent pour déposer quelques affaires, t'apprêter un peu, entre ton baby-sitting et ton rendez-vous avec cet homme que tu ne connais pas encore, avec qui tu n'as échangé qu'une dizaine de phrases sur une application.

Le vieux poste qui pouvait encore lire des cassettes il y a une vingtaine d'années projette la voix d'un des animateurs de France Inter jusque dans la cage d'escalier de l'immeuble. La radio est posée sur un lave-vaisselle qui ne fonctionne plus depuis huit ans mais que personne n'a jamais eu le courage de descendre parce qu'il est trop lourd et que la mère est persuadée que lorsqu'elle en achètera un autre les personnes qui monteront la nouvelle bête jusqu'au cinquième étage voudront bien descendre l'ancienne. La mère préfère pouvoir partir en vacances plutôt que de racheter un appareil qui fonctionne. La Toscane au mois de juillet au prix de la vaisselle quotidienne. Victoire du farniente estival sur l'électroménager. Le lave-vaisselle hors service attend donc toujours les déménageurs serviables dans la cuisine, sa porte légèrement entrouverte pour que ses parties internes profitent un minimum de l'air frais et ne pourrissent pas à cause de l'humidité propre à tout appareil ménager de ce type. Le lave-vaisselle attend et aujourd'hui il n'est plus que le promontoire de fortune du vieux poste de radio.

Toujours, quand il n'y a personne à la maison, la radio beugle. La faute au cambriolage dont la mère a été victime quand ta sœur et toi étiez petites. Deux jours avant Noël, tous les cadeaux cachés dans le cagibi de l'appartement : volés. C'était la dernière année où la sœur croyait au Père Noël, l'année où toi tu savais qu'il n'existait pas mais voulais encore y croire. L'année où tu étais bien contente de devoir faire comme s'il existait pour préserver les rêves de la sœur, l'année où elle prenait un malin plaisir à chercher la faille dans cette histoire de vieil homme qui passait par les cheminées condamnées de la résidence aux briques rouges. L'année où la sœur avait dit qu'elle ne communiquerait à personne sa liste de vœux au Père Noël, que c'était un secret entre elle et lui. Tu avais servi d'émissaire pour la mère et trahi la confiance de la sœur, tu avais fait un échange : ta liste contre la sienne. Sur sa feuille de papier, en lettres bancales, une seule chose écrite : *Une baguette magique qui fonctionne vraiment*. Fou rire. Ton fou rire et celui de la mère. « Eh ben, je suis pas dans la merde ! » elle avait dit. La sœur devrait se contenter d'un tube en plastique rempli d'un liquide transparent dans lequel flottait une myriade de paillettes de tailles et de formes diverses, les unes si petites qu'on aurait dit de la poudre, les autres plus grandes en forme de cœur et d'étoiles, violettes, roses, bleues et vertes. La baguette était jolie, fausse pour sûr, mais jolie. L'avant-veille de Noël, elle n'était plus dans le cagibi quand la mère était rentrée.

Depuis, en votre absence, la radio beugle toute la journée pour faire croire à une présence dans l'appartement, dissuader les cambrioleurs. France Inter est la bande-son de vos meubles et quand vous n'êtes pas là les présentateurs, les animatrices et les invités des différentes émissions sont les véritables occupants des lieux. Tu te dis que vos murs sont imbibés de leurs voix grésillantes et que, s'ils ont vraiment des oreilles, ils sont plus au courant que vous de l'actualité politique, économique et culturelle, ou du moins de ce que France Inter en dit.

La radio s'allume avec le lever de la mère, elle l'écoute tout le long de la routine qui précède son départ pour le travail, les voix accompagnent la préparation de son thé, sa douche, l'enfilement des vêtements choisis la veille afin de pouvoir grappiller quelques minutes de sommeil quand son réveil sonne. Il sonne à six heures tapantes quand la mère commence à donner ses cours à huit heures, à sept quand elle commence à neuf. Les voix radiophoniques transpercent sans difficulté les cloisons en carton-pâte qui séparent les différentes pièces, voyagent allègrement de la cuisine à la salle de bains, de la salle de bains aux chambres.

Avant de claquer la porte de l'appartement, la mère augmente le son, que la sœur et toi soyez réveillées ou non. Comme ça elle est sûre que la radio s'entend de l'extérieur. Elle ne fait pas dans la dentelle le matin, la mère. Il lui faut un sas entre le moment où elle pose les pieds hors de son lit et celui où les brumes de son sommeil s'évaporent tout à fait. En dehors des week-ends, ce sas elle le passe dans sa voiture pour aller au lycée dans une banlieue au sud de Paris, le même depuis plus de trente ans ; elle est fidèle, la mère.

Dans l'habitacle de sa vieille Scenic bleue, tu sais qu'une nouvelle radio prend le relais de celle de la cuisine et continue de déverser le flux d'informations. Quelquefois, la mère lance un CD dans le lecteur qui a miraculeusement survécu à son obsolescence pro-grammée et alors les voix d'Ella Fitzgerald, de Sarah Vaughan, Billie Holiday ou de Bazbaz, Tété et Camille envahissent la voiture familiale. La mère a beaucoup chanté, du jazz, du chant lyrique aussi, une passion qui venait compléter son amour pour son métier de professeur de philosophie. Aujourd'hui, elle ne chante plus à pleine voix, elle chantonne. *Summertime, and the livin' is easy. Fish are jumpin' and the cotton is high. Oh, your daddy's rich and your ma is good lookin'. So hush, little baby, don't you cry.*

Les musiques que vous écoutez à la maison, en voiture, dépassent peu les frontières du classique, du jazz et d'un certain type de chanson française : Brassens, Brel, Barbara. « Ceux qui ont le goût des mots et de leur mise en scène. »

Enfant, tu trouvais les oreilles de la mère sévères, sévères vis-à-vis de la musique qu'elles reconnaissent comme industrielle et que tu chantonnais en rentrant de l'école. Britney Spears, Shakira, Beyoncé, Rihanna, tu les découvres à contretemps dans la bouche des autres, tu ne connais que de la musique industrielle de contrefaçon : sans les instrus, sans les vraies voix, Beyoncé et Rihanna ont les voix d'Assya et Pauline, les meilleures amies de l'école primaire, puis du collège. Les chansons, elles, elles les connaissent par cœur, dans la cour de récréation elles organisent des blind-tests, des concours de chorégraphie : un groupe chante la chanson, l'autre danse dessus et un troisième groupe, assis sur le rebord du « muret » au fond de la cour, doit reconnaître la reprise aux premières mesures, aux premiers pas de danse.

Ce n'est pas un vrai muret, plutôt une bande de béton granuleuse et froide dans laquelle est fichée la grille en métal blanc qui vous coupe, vous élèves, de la rue et du reste du monde. Cette bande est trop étroite, elle scie les fesses. Mais c'est la coutume, blind-test et chorégraphies vont de pair avec les aspérités du ciment froid qui s'impriment sur le peu de chair qui y trouve de la place.

Le jeu commence et fait oublier au groupe ces sensations désagréables. Toi, tu te laisses porter par l'euphorie générale, mais tu ne devines jamais de quelle musique il s'agit, jamais assez vite en tout cas, sauf lorsque c'est un tube, un de ceux que tu as déjà entendu chanter, vu danser des dizaines et des dizaines de fois, toujours par des chanteuses et des danseuses différentes. Des dizaines de voix, mille pas de danse pour une même chanson. *Tsamina mina, eh, eh. Waka Waka, eh, eh. Tsamina mina zangalewa. This time for Africa.* Mais tu n'oublies jamais tout à fait l'inconfort du muret, ni le bruit des voitures invisibles qui passent et repassent dans la rue derrière la grille et plus loin sur le périph'. Une part de toi voudrait partir bien loin, quitter le muret, quitter la cour, mais tu restes parce que tu te dis qu'il faut que tu rattrapes ton retard, que tu t'imbibes le plus possible ici et maintenant de tous ces mouvements, de toutes ces paroles que tu ne verras, n'entendras pas ailleurs.

Quelquefois tu te lèves et arbitres le concours, départages les concurrentes pour te donner une place dans le jeu, ne pas être mise sur la touche. Il y a un accord tacite entre les amies et toi, tu n'es pas tout à fait à l'aise, elles le savent mais elles te couvrent, ne font pas remarquer que tu commentes l'action au lieu d'y participer, te ménagent des portes de sortie quand d'autres qui te connaissent moins insistent pour que tu te joignes aux choristes. Tu arbitres bien, tu sais être impartiale, et au moment où les chorégraphies sont conçues tu es le troisième œil, tu vois quand les pas ne sont pas coordonnés, quand ils ne sont pas bien en rythme avec les paroles. Tu agis peu, tu observes, cela suffit. Tu manœuvres dans l'ombre, tu es leur arme secrète.

Derrière la porte, sur le palier, dans la cage d'escalier, la radio de la mère, ta radio, votre radio, beugle et t'indique que personne n'est dans l'appartement. C'est la fin du printemps, le début de l'été, pas encore vraiment les vacances, ça fait longtemps que les cours se sont terminés à la fac. Le milieu du mois de juin. La maison ne te voit plus beaucoup, tu la fuis. Depuis la dernière soirée du mois de mai, depuis le fumoir, tu fuis les questions, les silences de la maison, le bruit de la radio, tu fuis ta chambre, l'immobilité.

En ouvrant la porte de chez toi, tu te retrouves face à un grand miroir incrusté dans un cadre tout en dorures, ton reflet y apparaît en contre-jour. De la tête aux hanches, ta silhouette se dessine, l'espace d'un instant tu deviens un tableau suspendu au mur et tu te scrutes comme chaque fois que tu entres ou sors, comme chaque fois que tu croises ton reflet. Un narcissisme nécessaire, non pour contrôler ton corps, pour le corriger, mais au contraire pour que ton regard s'habitue à ses formes et s'adoucisse. Que tes yeux n'accrochent plus sur ses reliefs mais glissent sur les lignes, les courbes et les surfaces, qu'ils découvrent les recoins cachés.

Chez les parents il y a beaucoup de miroirs, de toutes tailles, avec des cadres différents, en bois, en métal cuivré ou doré, en bambou. « Pour agrandir les pièces », dit le père chez lui. « Pour diffracter, répandre la lumière du jour dans tous les coins », dit la mère chez elle. La mère se regarde très peu ou alors elle attend toujours qu'on ne la voie pas pour le faire. Le père aime s'observer dans la glace, tu le sais, mais pour lui c'est un plaisir solitaire. Toi, seule ou accompagnée, tu t'observes, c'est plus fort que toi. Un miroir, un regard. Un reflet, un regard.

« Arrête de te regarder autant », c'est ce que te disent les parents quand ils te voient faire. La phrase n'est jamais prononcée comme une injonction ou une réprimande, plutôt sur un ton amusé. Le plaisir de t'avoir encore une fois prise sur le fait, en pleine scrutation de toi-même.

Dans la rue, tu aimes apercevoir furtivement ton reflet déformé sur les vitrines des magasins. Tu aimes les tout petits miroirs, tellement petits qu'on ne peut voir que des éclats de soi. Un œil et son sourcil, un bout d'épaule, quelques boucles de cheveux. Redécouvrir des parcelles oubliées. Les voir autrement. Retrouver ton corps. Adoucir ton regard.

Dans l'entrée, après le traditionnel coup d'œil dans le miroir, tu as laissé pêle-mêle par terre ta veste de blazer oversize bleu électrique trouvée en friperie plusieurs années plus tôt, ton sac à dos en cuir et tes baskets parce que tu habites un appartement dans lequel on enlève ses chaussures quand on y entre, ou plutôt quand on y vit : les invités, eux, ont le droit de garder souliers à leurs pieds. Cela fait partie des règles tacites de la mère, des règles qui se sont échafaudées au fil des années et qui répondent toutes à une logique personnelle, prennent racine à la fois dans un certain sens pratique et dans une logique du bien-être de toutes et tous. Limiter les chaussures pour assurer une propreté plus pérenne de la maison, ne pas imposer cette règle à des personnes qui ne vivent pas là, se mettre en chaussettes étant un acte de vulnérabilité qu'on ne peut pas exiger de tous.

Une fois délestée, tu passes rapidement de l'entrée à la cuisine pour baisser le volume de la radio – pas besoin de l'éteindre puisque tu ne vas pas rester longtemps et qu'il faudra la rallumer en partant –, tu longes le couloir et arrives dans la salle de bains. Nouveau miroir, celui fixé au mur par une applique en accordéon qui permet de le rapprocher ou de l'éloigner du visage. Un miroir à deux faces dont l'une, grossissante, se focalise sur le point où naissent tes cheveux. À la lisière entre le front et le crâne. Tout à l'heure pliée en deux au-dessus de la baignoire alors que Louis et

Maxime prenaient leur douche, tu les as attachés. Tirés en arrière par un élastique de mauvaise qualité, leurs boucles se sont défaites, ils ont perdu de leur brillance. C'est là que c'est le plus flagrant, aux racines.

Tu n'aimes pas ça, tu n'aimes pas nouer tes cheveux, faire disparaître l'auréole qu'ils forment autour de ta figure, les réduire à un chignon qui pourrait tenir dans un mouchoir de poche. Tu aimes la place qu'ils prennent autour de toi, tu aimes qu'ils frôlent le visage de celles et ceux qui veulent te faire la bise, t'embrasser, tu aimes penser que l'on peut se perdre dedans. Avant de sortir, de rejoindre l'inconnu avec qui tu as rendez-vous, tu vas permettre à l'air libre de se faufiler à nouveau à travers le labyrinthe capillaire, retirer l'élastique.

Une fois les cheveux dénoués, ils en gardent l'empreinte, défient les lois de la gravité comme s'ils étaient trop légers pour être concernés par elle. Pétrifiés par les heures passées à devoir se contenir, ils s'abstiennent de redescendre sur ta nuque, comme s'ils ne s'étaient pas rendu compte de la disparition subite de l'objet qui les contraignait.

Pour les inviter à la redescente, tu les humidifies, tu les mouilles à l'aide d'un spray qui projette une légère bruine d'eau filtrée. Des gouttes microscopiques viennent se coller à la glace, déforment le reflet de tes joues et de ta bouche.

C'est important de filtrer l'eau, « comme ça tu évites de les asperger de plomb et de calcaire ; comme ça ils ne deviennent pas de la paille », c'est ce que la mère a toujours dit. Utiliser le spray pour que la masse ne soit pas plombée. Le spray c'est mieux que de passer les cheveux sous la douche, « comme ça l'eau redessine les boucles sans les alourdir », le volume demeure presque intact, les cheveux restent bien en suspension autour du visage, ne subissent pas cette phase où les boucles un peu détendues se mettent à pendre de chaque côté de la figure. « Comme ça l'air continue de passer entre les mèches, l'eau du spray leur permet de conserver leur légèreté. »

Le spray, c'est le même que celui que vous utilisez la mère et toi pour humecter la fougère du salon. Tes cheveux, ceux de la mère et la fougère se ressemblent. Ils ont le même volume, vos mèches et les tiges ont la même trajectoire arquée, sont dans le même désordre harmonieux. Les feuilles de la fougère frisent autour du pot de céramique comme la masse qui entoure vos visages. Vos cheveux ne sont pas épais, ils sont même plutôt fins. Leur volume n'est pas dû à leur nature mais à leur quantité. Une quantité hors du commun qui fait peur au coiffeur, qui a fait peur à toutes les personnes chargées d'en faire quelque chose quand tu étais trop petite pour t'en occuper seule. Tes cheveux auraient pu avaler ton visage d'enfant, le faire disparaître entièrement, et il y a des jours où tu aurais voulu te cacher pour toujours dedans. Ton jardin secret.

Vos cheveux ne sont pas crépus, comme l'étaient ceux d'Abba, le père de la mère, mais vos boucles en sont le souvenir. Des boucles particulièrement bien galbées au niveau de la nuque, dans la strate inférieure, celle qui échappe à l'usure, parce que les cheveux s'usent avec le soleil qui tape dessus, le vent, le sel, le plomb, le calcaire.

Au niveau de cette strate inférieure, les cheveux de la mère sont encore d'un noir intense, sur le dessus ils sont devenus argentés. Toi, ils étaient blonds quand tu es née, ils sont devenus châtain foncé. Tous les sept ans, la nature des cheveux change, disait un magazine dans la salle d'attente de l'orthopédiste, celui qui a fait l'ordonnance pour le corset que tu as porté au cours de ton adolescence.

Depuis que la mère a accouché pour la première fois, qu'elle a accouché de toi, il y a vingt ans, ses cheveux ne poussent plus, ils s'arrêtent juste au-dessus de ses épaules. Toi, pendant longtemps, tu les as portés très longs, tu ne voulais pas les couper et sous la douche ils se plaquaient à l'arrière de tes genoux. Aujourd'hui, ils ont la même longueur que ceux de la mère et caressent tes clavicules quand tu tournes la tête.

Vos cheveux sont votre fierté. Vous avez toujours refusé de les lisser, vous aimez la place qu'ils occupent autour de vous et vous en prenez soin. Les lotions capillaires sont les seuls produits de beauté pour lesquels vous acceptez de verser des sommes considérables.

Tous les matins, la même routine : en cinq minutes, le spray d'eau filtrée, puis l'huile de ricin ou de jojoba sur les pointes, un baume coiffant protecteur pour cheveux très secs à base de crème d'amande et d'huile d'argan sans silicone afin de préserver un toucher naturel. *Résultat : intensément nourris jusqu'aux pointes sans être alourdis, vos cheveux sont plus faciles à coiffer, plus souples et infiniment doux.* Une crème choisie pour son onctuosité et aussi son odeur. Elle sent tellement bon cette crème que vous appliquez sur vos cheveux tous les jours quelles que soient les circonstances.

Tous les trois jours : un shampooing à l'amande pour cheveux frisés et secs, un après-shampooing au beurre de karité, un démêlage avec une brosse aux pics en plastique espacés pour qu'ils n'arrachent pas les cheveux et rentrent dans la profondeur de la masse. Pas de peigne, ou bien un peigne à très grosses dents, mais tu n'aimes pas les boucles qui se forment quand tu te peignes, elles manquent de rondeur, brosser c'est mieux, ou bien juste avec les doigts. Puis un masque à appliquer sur toute la longueur des cheveux et à laisser reposer au moins cinq minutes avant de rincer. Une douche de vingt minutes.

Une fois par mois : un masque fait maison. Quatre cuillères à soupe d'huile d'olive, un jaune d'œuf, deux cuillères de miel. Pose de quinze minutes.

Sur un mois de trente et un jours : trois cent trente minutes consacrées à vos cheveux.

Tous les mois et demi : quatre-vingts euros de soins capillaires.

Tous les six mois : rendez-vous chez le coiffeur, avec la grosse facture qui l'accompagne.

Sur un an : près de mille euros employés au soin de vos cheveux.

Une fois tes cheveux relâchés, tu vois à quel point leur présence autour de ton visage le transforme, à quel point ils lui donnent une lumière nouvelle. Sans eux, ta fatigue ne se devine pas uniquement, elle se voit ; tu tires tes cheveux en chignon et tes cernes grandissants s'étirent en écho, mangent ta face, la veine verticale qui part de leur racine pour s'arrêter juste au-dessus de ton sourcil gauche, la veine de l'épuisement pulse, la pâleur de tes joues, de ton front, étrange pour ce début d'été, éclate au grand jour.

Depuis cette soirée dans le fumoir, tu ne dors presque plus. Ta vie se partage entre les baby-sittings, les cafés, les bars, les soirées avec des amis et quelques rendez-vous Tinder que tu enchaînes sans jamais y croire. Depuis les mains de l'inconnu sur tout ton corps, tes nuits tu les passes en soirées, tes matins te servent à récupérer. Tout pour enfumer les souvenirs, les recouvrir de nouvelles scènes, qui toutes se ressemblent. Pour conjurer le mauvais sort, le mauvais œil. Danser, danser, danser, pour sentir le corps qui à nouveau t'appartient et s'abandonne en même temps.

Le plaisir de la piste de danse dans l'obscurité, des faibles lumières, des jeux d'éclairage qui transforment les visages et les corps en rêves.

Toutes les soirées, toutes les musiques tant qu'elles donnent à ton corps l'envie de bouger.

Soirées en appartement, soirées années soixante-dix, quatre-vingt, quatre-vingt-dix, deux mille. Plaisir des chansons trop connues, plaisir de la danse au second degré qui commente le kitsch, l'agrémente.

Soirées techno, plaisir de tes muscles que tu laisses libres dans la répétition d'un même mouvement qui se transforme au fil des erreurs. Plaisir d'aller jusqu'au bout de la fatigue. Au bout du bout de la nuit, danser seule au milieu des autres.

Soirées RnB, funk, trap, reggaeton, samba, salsa. Plaisir immédiat des rythmes, l'impression que ton corps n'a plus qu'à se lover dedans, qu'il sait instinctivement quoi faire. Plaisir de l'amplitude des gestes, de leurs rondeurs.

La musique commence et le sourire te vient, ton corps se laisse entraîner, tu es lancée, tu glisses sur le son, toujours ces premières notes qui font que tu laisses ton verre sur une table, un comptoir, ces premières notes qui te meuvent. La musique commence et tu es aspirée, tu absorbes le son et plus rien ne doit exister à part cette sensation. Oui la chanson te possède, tu la possèdes, elle est à toi, la joie et le désir qui montent, les commissures de tes lèvres s'ouvrent en un grand sourire. Tu l'as dans la peau. Dans la peau élastique de la musique tu danses, le son te prend par tous les pores. Le refrain déferle et tu abandonnes, tu t'abandonnes, trouves l'endroit où tu te nourris du rythme et des regards qui se posent sur toi pour ne plus les voir. La musique, les corps, les voix, les rires forment une masse floue que tu incorpores pour continuer d'onduler, bras levés vers le ciel du plafond, les mains qui tournent sur l'axe de tes poignets fins. Sueur, il y a de la sueur qui pend de ton corps, des fils de sueur qui pendent, les gouttes qui ruissellent, plaquent des mèches contre ton cou moite balancé par le refrain, les paroles de la chanson coulent de ta bouche. C'est ta chanson.

Tu fermes les yeux. Ta tête tourne rapidement de gauche à droite, de droite à gauche, tes cheveux balaient ton visage et l'air autour de toi. La pellicule de tes paupières sur tes pupilles, dans le noir, tu sens que tu prends de la place, tu prends ta place et cela te plaît, cela plaît, tu entends les exclamations des amis autour de toi qui t'incitent à continuer. Tes mouvements s'agrandissent. Les bras relevés, le dos cambré, le buste en promontoire, les pieds ancrés, tu fléchis progressivement tes jambes et tes hanches donnent le rythme de ta descente. Dans l'aquarium de la boîte de nuit, tu te rapproches du sol de la piste par paliers, jusqu'à ce que tes genoux le touchent presque. Puis tu remontes, rouvres les yeux.

Dans la danse, on ne contrôle pas toujours où les yeux vont.
Un accident.
Des accidents.
Des regards fuis se collent.
Ta danse toujours comprise comme une invitation.
Leurs corps se collent.
Le plaisir et le sourire disparaissent.

La litanie de questions.

Tu te figes. Ton corps dans leurs mots et sous leurs mains, ton corps dans leur bouche. Tu disparais.

Les baby-sittings te servent à économiser pour la période estivale, parce qu'il faut payer les cafés, les bars et les soirées et que cela fait longtemps maintenant que tu ne dépends plus de l'aide parentale pour financer tes activités. Cela te met mal à l'aise de demander de l'argent à tes parents qui de toute façon n'en ont pas beaucoup ; toutes tes économies sont dirigées vers cette période de l'année où les cours s'arrêtent, où les festivités et l'envie de partir de Paris se décuplent. Depuis quelques années, le cycle se répète : économies de septembre à juin et puis tout l'argent accumulé dépensé sans compter pendant les trois mois d'été. Tu as de la chance de pouvoir penser comme ça, tu te dis souvent, tu sais que lorsque tu partiras de chez tes parents la donne changera ; tu devras trouver un travail qui paie plus que le baby-sitting et quelques cours particuliers, mais pour l'instant ça suffit. Bientôt, tu te dis, bientôt ça changera.

Les baby-sittings, dans un immeuble similaire au tien

à quelques rues de chez toi. Les cafés, les bars, les appartements, les parcs dans lesquels ont lieu les soirées sont ceux des dix-neuvième et vingtième arrondissements. Le périmètre est bien défini. En dehors de tes arrondissements de prédilection, tu n'arrives pas bien à visualiser comment les quartiers communiquent entre eux. Tu ne connais pas bien Paris, alors que tu y es née et que pour le moment tu y restes. Comme la mère avant toi.

La mère, dès qu'elle a du temps, ne rêve que de quitter la ville, cette ville, mais partir définitivement n'est pas une option. Pour plein de raisons. Principalement pour ta sœur et toi, tu te dis, mais tu sais aussi qu'elle aime Paris, c'est sa ville.

Pour toi, Paris est une multiplicité d'îlots que tu joins les uns aux autres de façon intuitive. Il y a là où les parents vivent : douzième et vingtième ; là où tu fais tes études, as fait tes études : le douzième, puis le Marais, puis le Quartier latin ; puis la succession des facs plus ou moins périphériques : Nanterre, les Grands Moulins, Saint-Denis. Il y a là où la grand-mère maternelle et sa sœur vivent : Sèvres-Lecourbe. Il y a la rue de Rivoli et ses boutiques beaucoup trop de fois visitées entre tes quinze et tes dix-huit ans, mais que tu as fini par délaisser.

Il y a les quelques grandes artères que tu maîtrises bien : notamment celles qui relient République à Bastille, Bastille à Nation, parcours traditionnels des manifestations auxquelles tu participes depuis que tu es petite, avec la mère d'abord, puis avec les amis et camarades de classe depuis le lycée : loi Travail, réforme du bac, réforme de l'enseignement supérieur, loi LPPR, loi sécurité globale, marche pour les droits des femmes, réformes des retraites.

Il y a le métro et ses seize lignes. Le RER et son abécédaire souterrain. Lignes A B C D E, A rouge, B bleu, C jaune, D vert, E mauve. Tout un poème. Contraste avec la réalité du décor, tout en nuances de gris. Métro et RER qui invisibilisent tes déplacements, qui les extraient de la réalité géographique, le métro et le RER tant et tant pratiqués ; métro puis RER pris trop tôt, encore dans le brouillard du sommeil, métro à jeun, RER sans café pour aller à la fac, métro-RER fatiguée pour en rentrer, dernier ou premier métro selon la qualité de la soirée, métro humide parce qu'il pleut dehors, RER qui pue la pisse, métro pris seulement pour deux ou trois stations parce que tu es partie à la bourre et parce que de toute façon cette ville est trop grande pour être parcourue à pied, RER que tu supplies d'avancer plus vite parce que tu vas arriver en retard à ton partiel et alors tu te fiches de savoir en dessous de quelle rue tu passes, de savoir quels types de chaussures foulent le bitume au-dessus du tunnel, chaussures de cuir à bout pointu, baskets, talons, Stan Smith ou TN, tu t'en fous tant que ce métro redémarre, qu'il quitte cette station à laquelle il s'est arrêté depuis cinq minutes ressenties cinq heures. Allez, s'il te plaît avance, tu demandes quelquefois à voix haute dans la rame, comme si cela allait changer quelque chose d'exprimer tout haut ton urgence, comme si le problème c'était vraiment le métro, alors que c'est toi qui es partie un quart d'heure en retard.

Allez, avance, s'il te plaît avance !

Monsieur le conducteur, madame la conductrice, on s'en fout de la panne de signalisation, on s'en fout de la régularisation du trafic, avancez s'il vous plaît, ne priez plus de patienter, parce que Louis et Maxime vont t'attendre à la sortie de l'école et que tu vas te faire engueuler par leur maîtresse, parce que les potes attendent depuis vingt minutes déjà, parce que ce gars encore inconnu, swipé à droite, poireaute depuis trente minutes dans ce bar à mi-chemin entre chez toi et chez lui et que tu vas devoir marcher trop vite et que tu vas arriver un peu trop essoufflée, un peu trop suante à ce rendez-vous qui ne t'excite pas plus que ça, te tend surtout.

Au pire, il sera parti tu te dis. Ce n'est peut-être pas plus mal. Peut-être que ça ne valait pas le coup. Mais ce serait bête, maintenant que tu as fait le déplacement, tu as quand même envie de voir sa tête, tu es curieuse. Tu ne crois pas vraiment aux applis, c'est triste souvent un rendez-vous via Tinder ou Bumble. Tu disparais toujours après un ou deux verres, une ou deux nuits avec l'inconnu. Après, il ne t'intéresse plus. Mais là tu t'obstines, tu es en retard de trente minutes, coincée dans le tunnel entre Reuilly-Diderot et Gare de Lyon, tu espères qu'il a patienté, qu'il a sorti un livre, qu'il a sorti un carnet pour dessiner, griffonner et se donner une contenance en ton absence, que l'attente n'est pas un problème pour lui. Tu sors de la rame, tu montes rapidement les escalators et rejoins à grandes enjambées le café du rendez-vous, tu le cherches un peu, tu as le temps de te dire qu'il est parti, et puis tu vois quelqu'un dans le coin, au fond de la terrasse, qui te fait signe. Un livre sur la table, un verre rempli d'un liquide vert pastel devant lui.

Tu as l'air énervée quand tu marches, il dit.

Il sourit.

Il ne mentionne pas ton essoufflement, ni ton retard, tu ne sais pas si c'est par politesse ou par indifférence. Tu te dis que de toute façon ça ne se fait pas de faire remarquer ce genre de choses quand on ne connaît pas la personne. Toi en revanche tu t'excuses en une succession de phrases courtes qui te paraissent interminables, tu fais de la panne de signalisation une montagne de mots et de petits rires qui s'égrènent trop rapidement de ta bouche. Tu fais du trajet de porte de Vincennes à Gare de Lyon une aventure qui vaut la peine d'être racontée et qui légitime à la fois ton retard et les quelques gouttes de sueur qui restent en suspension sur ton front, perlent au-dessus de ta lèvre supérieure.

Tu parles avec tes mains, elles racontent en même temps que les mots, les accompagnent. Tu ne te vois pas vraiment faire, mais tu sais que tes poignets se cassent et que tes mains se meuvent indépendantes de tes avant-bras, comme si elles avaient une vie propre. Tes grandes mains se baladent dans l'air au rythme des intonations de ta voix et disent sûrement plus de choses que ton visage. Tes mains-mouches volettent devant toi, devant ton interlocuteur qui n'a rien dit depuis que tu as commencé ton récit. Elles évitent de peu son verre posé à mi-chemin entre vos deux bustes de part et d'autre de la table.

Tes mots et tes mains de concert camouflent la vérité : tu es inlassablement en retard. Au moment de partir de chez toi, alors que tu es prête à refermer la porte, quelque chose attire toujours ton attention : tu te dis que tu n'as pas arrosé la fougère du salon, pas fait la vaisselle, ton bureau n'a pas été rangé depuis deux semaines et exige que tu t'en occupes, il faut que tu lances une machine, tu entames une discussion avec la sœur ou la mère et cet échange mérite d'être continué, justifie soudain de rester au lieu de partir. Le tourne-disque que tu t'apprêtais à éteindre projette contre les murs de l'appartement une de tes chansons préférées, le temps s'arrête, tu fais taire la voix qui te dit que bientôt il ne sera plus temps d'arriver à l'heure, celle de Nina Simone prend le dessus ; sa reprise de « Here Comes the Sun », et ton espoir de ponctualité doucement s'efface.

Tu lui demandes ce qu'il boit.
Un perroquet, il dit en t'invitant à goûter.
La boisson ailée, la boisson à plume, vole dans ta bouche. Tu la maintiens un instant en cage sous le

dôme de ton palais. Pastis et menthe à l'eau, c'est ça un perroquet tu comprends en même temps qu'anis et menthe artificielle tapissent ta langue. Explosion blanche de sucre, et la pesanteur du jaune anis, la fraîcheur factice vert émeraude du sirop de menthe restent collées à ta trachée alors que le liquide se propulse derrière ta glotte. Tu n'es pas sûre d'aimer, mais tu pourrais avoir envie d'y revenir, tu penses, tu dis. Quelque chose te séduit dans la force du goût, dans la couleur du liquide tranquille dans ce verre à la forme de tube vertical. Les verres dans lesquels, enfant, tu buvais des jus de fruits au café avec tes parents.

Il risque de valser, ce verre, tu te dis, dans la soirée il va valser et le liquide poisseux et vert se répandra sur la table puis glissera sur son pantalon blanc, sur ton haut, celui que tu aimes parce que si tu ne l'assumais pas pleinement il pourrait être une faute de goût avec ses fleurs en dentelle rouges, ocre et jaunes au travers desquelles se discernent ton soutien-gorge lui aussi en dentelle, bordeaux, la peau de ton ventre, le creux de ton nombril. Tu vois l'accident venir gros gros comme l'immeuble en face du bar. Il le voit venir aussi, il regarde tes mains frôler dangereusement les bords de son verre en même temps que tu parles, une fois, deux fois, à la troisième il saisit le verre et après une courte gorgée le repose sur la table, un peu plus loin de toi, un peu plus proche de lui, tout en te disant que tu peux boire à nouveau dedans si tu le souhaites.

Tu parles sans t'arrêter et lui te regarde faire en ponctuant tes phrases de francs sourires et de rires légers. Tu parles beaucoup et redoutes que l'harmonie du tableau qu'il offre assis devant toi ne se brise avec sa parole, son discours. Tu le vois et tu te dis que cette image te suffit presque. L'heure est aux présentations et tu te méfies, la voix bleue, verte, rose de l'homme du fumoir avec ses questions sur les origines de tes cheveux et de ton cul, ses insultes enrobées qui ont léché ton corps tout entier, pourrait bientôt apparaître en écho dans la sienne.

Lorsque sa bouche s'ouvre, que des mots en sortent, ils se heurtent à tes gardes que tu maintiens bien haut. S'il savait les décoder, il verrait que c'est ce que tes mains-mouches disent. La discussion pourrait basculer, tu te dis, pour le moment elle ne le fait pas mais elle pourrait. Tu pourrais renverser le verre mais pour le moment tu ne l'as pas fait.

C'est ce qui arrive chaque fois que tu rencontres quelqu'un susceptible de te plaire ; il faut que vous réussissiez ensemble à passer le rempart dressé par ta crainte, esquissé par le volettement de tes mains. Réussir à apprivoiser tes poignets, tes paumes et tes phalanges. Aujourd'hui, les mouches vont peut-être rester collées au sucre mentholé, anisé. Tu vas peut-être réussir à t'en débarrasser. Tu aimerais bien y arriver, car pour l'heure l'inconnu te plaît. Tu aimerais qu'il te prouve que tu peux laisser les mouches se faire gober par le perroquet.

Une bière est venue rejoindre le perroquet sur la table, ses bulles remontent lentement à la surface du verre, un deuxième obstacle à éviter pour les mouches. Tu as sorti ton paquet de tabac, tes feuilles et tes filtres pour occuper tes mains et donner quelque chose à faire à ta bouche quand elle ne parle pas. Ton cou se casse vers l'arrière, pivote sur lui-même pour que la fumée n'arrive pas directement dans sa figure à lui, et votre conversation se perd dans un fin brouillard de nicotine et de plomb ; nuage d'un blanc bleuté.

Dans la fumée, deux insectes volent au bord des lèvres dures, au bord du bec d'un oiseau aux plumes d'un vert iridescent. Un jeu entre la danse et la poursuite au rythme de phrases qui se répondent sans tout à fait savoir quoi dire.

Vos mots s'agencent tant bien que mal pour faire de l'exercice de style que constitue cette rencontre un moment particulier. Phrases interrogatives qui partent du singulier pour aller vers le général, des activités de la veille pour aller vers celles du mois ou même de l'année. À la recherche de connivences éventuelles.

Vous parlez du Festival d'Avignon, de la Toscane, de Marseille, du camping sous le soleil des gorges du Tarn. Les mouches gravitent autour du bec. Vous dites Kendrick Lamar, Sade, Sufjan Stevens et les deux insectes jouent avec les plumes ; ils évitent de peu les serres de l'oiseau lorsque baby-sitting, cours particuliers, service au bar, projets de théâtre sont mentionnés pêle-mêle. Une conversation sur les photographies à l'argentique commence ; le récit d'une pellicule mal insérée dans le boîtier, trente-six poses prises dans le vent, seules les images mentales restant, n'existant plus que dans le souvenir de certains cadrages, de certains réglages. Les plus belles photographies dans cette pellicule restée vierge par accident.

Les mouches viennent se poser sur le livre de l'inconnu resté sur la table. Leurs ailes frémissent, car les motifs de la couverture, les lignes que dessinent les lettres du titre, du prénom et du nom de l'auteur sont connus. Les mouches ont déjà joué avec ce livre, pavé imposant qui refuse les dimensions étriquées d'une poche de blouson et exige au moins un sac avec de préférence un compartiment attribué. Elles se souviennent d'en avoir découvert les premières phrases dans un bus, entre un bide à bière suant et une poussette avec son bébé braillant à l'intérieur, un après-midi de canicule. Elles se rappellent s'être amusées entre les lettres minuscules, être passées et repassées sur une même phrase qui les a marquées. Une phrase chatouilleuse qui a fini par être apprise par cœur.

Les mouches jouent entre terre et ciel à la marelle.

Marelle, de Julio Cortázar, trône sur la table et tu te demandes comment tu ne l'as pas remarqué plus tôt. C'est presque trop gros, ce livre est une brique qui occupe une bonne partie de l'espace circulaire sur lequel sont posés vos verres. Tu te dis qu'il n'a pas été oublié mais qu'il a été laissé en évidence volontairement par l'inconnu. Tu le lui fais remarquer. Il sourit, avoue qu'il l'a peut-être mis là pour que le sujet arrive de lui-même sur la table.

Tu as repris le contrôle de tes mains quand elles ont mis le doigt sur une des lectures qui t'ont le plus marquée ces deux dernières années quoique tu ne te souviennes que de quelques bribes. Tu décris les images qu'il te reste du livre, celles qui te sont si souvent revenues en mémoire que tu les as transformées. En même temps que tu parles tu te demandes si tu ne les as pas rêvées plutôt que lues.

Un jour de canicule, en Argentine, une femme en équilibre instable sur une planche étroite faisant la jonction entre les fenêtres de deux immeubles face à face.

Deux hommes tiennent chaque extrémité du bout de bois, si l'un le lâche, planche et femme tombent toutes deux dans le vide.

La peur de la femme.

L'hésitation des deux hommes.

Le gros ventre nu d'un amant aperçu à travers l'encadrement d'une fenêtre, il fume en tuant des mouches en plein vol.

Tu racontes et tes mains fouillent dans le livre à la

recherche des passages que tu mentionnes, sans jamais réussir à se poser dessus. Rapidement tu te mets à parler de cette phrase, que tu avoues avoir apprise par cœur. Tu expliques qu'elle coule alors qu'aucun des mots qu'elle associe n'est fait pour aller avec le suivant.

Ce que tu ne dis pas c'est que cette phrase te permet d'apaiser les battements virulents de ton cœur dans ta poitrine, elle remplace le petit bruit nerveux qui te monte souvent à la gorge. Tu ne saurais pas dire pourquoi tu as choisi cette phrase en particulier, mais quand des images et des souvenirs violents remontent à la surface ce sont ces mots-là que tu prononces mentalement pour les faire refluer, pour faire écran. Tu n'as même pas besoin de te répéter toute la phrase, seulement les premiers mots. Comme un refrain.

Je ne pense pas que la luciole...

Mais ça tu ne le dis pas à l'inconnu en face de toi. Tu dis juste que la phrase est belle, si belle que tu l'as apprise. Elle, tu sais où la retrouver dans le livre, et en même temps que tu lui montres les fameuses lignes tu te dis que tu as parlé, que tu as montré trop vite, parce que le voilà déjà, texte en main, à attendre que tu lui récites ladite phrase, un air de défi et de malice dans les yeux. Subitement, la phrase devient sur ta langue un long, un trop long chemin aux virages serrés que tu n'es plus sûre de réussir à prendre. Tu ne veux pas faire de sortie de route, tu veux réussir à bien la dire, d'un trait.

Tu te répètes que c'est un jeu et que tu ne risques rien.

Tu rougis légèrement, écrases dans le cendrier la cigarette que tu viens d'allumer, te redresses sur ta chaise, t'avances comme pour faire une confidence, extraire la phrase du bruit ambiant.

Puis tu te lances.

« Je ne pense pas que…

Attends, attends, je me concentre », tu dis en riant.

Tu inspires et lèves les yeux au ciel comme si cela allait t'aider à te rappeler les mots et leur bon ordre.

« Je ne pense pas…

Je ne pense pas que la luciole tire une particulière suffisance de ce qu'elle est incontestablement l'une des plus stupéfiantes merveilles du cirque de ce monde… »

Premier virage.

« … mais cependant il suffit de lui supposer une conscience pour comprendre que lorsque son petit ventre s'allume… »

Second virage.

« … elle doit éprouver comme la chatouille d'un privilège. »

La phrase clignote un instant dans l'air avant de disparaître et tu le regardes, une fierté enfantine aux lèvres.

Dans les toilettes du bar, une jeune femme parle, son amie l'écoute. La première, dos à toi, se tient penchée au-dessus du lavabo, le visage à quelques centimètres de la glace qui le surplombe. Juste à côté, la seconde est adossée contre le mur en céramique et est absorbée par le reflet de ce qui doit être son œil qu'elle regarde dans un petit miroir de poche qu'elle tient d'une main. De son autre main, elle manipule savamment un pinceau plein d'un fard pailleté. Toi, ton regard ne peut se défaire du reflet de la bouche et de la main de la jeune femme qui parle, comme si une caméra avait zoomé dessus et qu'elles prenaient tout le champ. Sous la lumière trop blanche du néon, la bouche et la main s'activent. La main tient un rouge à lèvres à la couleur écarlate et le fait passer et repasser sur les deux lèvres roses ouvertes, légèrement rentrées vers l'intérieur de la bouche. Mais les lèvres ne restent pas immobiles comme elles devraient le faire pour que la matière colorée et grasse s'étale correctement. Les lèvres bougent, la bouche parle, elle parle très fort, comme si elle voulait que tout le monde l'entende, comme si le discours ne s'adressait pas seulement aux deux oreilles de l'amie.

mais c'est pas toujours raciste quand on te demande d'où tu viens, moi on me l'a souvent demandé, enfin je veux dire, il faut arrêter de toujours le prendre mal, je sais que je devrais pas dire ça, que je dis ça parce que je suis blanche, mais quand même, il n'y a pas toujours une arrière-pensée quand on te demande d'où tu viens, moi ça me fait plaisir de répondre, je sais que ça doit pas être la même chose quand t'es pas blanc, mais quand même, enfin j'veux dire, il faut arrêter de toujours partir au quart de tour quoi, nan mais tu vois, c'est normal de poser, qu'on te pose ce genre de question de temps en temps, moi ça me pose pas de problème de répondre, enfin je sais que bon c'est pas la même chose pour tout le monde, mais quand même c'est bizarre, y a des fois tu sais que la personne, quand elle te demande tes origines elle pense pas à mal, enfin elle est juste curieuse quoi

Une tirade sans véritable fin, sans véritable début non plus, qui tourne sur elle-même et semble presque chercher un obstacle qui lui permettra de s'arrêter enfin. Mais la bouche se regarde parler dans le miroir et les mots rebondissent, la parole s'autoalimente et tu te dis qu'elle pourrait continuer à se déverser pour toujours. Là, dans la pièce exiguë, tu te demandes ce qui a motivé les lèvres à s'ouvrir et tous ces sons à en sortir ; l'amie au petit miroir semble peu impliquée dans la conversation, c'est à peine si elle hoche de temps en temps la tête en signe d'approbation, la faute peut-être à l'application minutieuse du fard à paupières. La bouche parle toute seule, pour tout le monde.

La tienne te démange. Elle a très envie de mettre un gros point à cette longue phrase qui se déverse et ne cesse de s'excuser d'exister. Il faut lui dire, tu te dis, que lorsque le besoin de s'excuser est aussi grand que celui de dire ce qu'on a en tête la chose ne mérite souvent pas d'être dite. *Tourner sept fois sa langue dans sa bouche*, on dit.

Tu n'as plus aucune patience, tu te dis. Tu n'as plus la force d'essayer de comprendre son point de vue. On est vendredi et tu as envie de lui énumérer les circonstances des presque dix fois où la question t'a été posée depuis le début de la semaine, tu as envie de lui décrire en détail tout ce qu'il s'est passé dans le fumoir, il y a quelques semaines, sans rien lui épargner. Ta bouche à toi te démange, elle picote, mais tu vas la tourner toi ta langue, sept fois. Sept fois, ta langue s'enroule sur elle-même, à la fin tu en fais un gros nœud et tu te mords la lèvre pour bien verrouiller ta bouche, la cadenasser. Tu te dis que prendre la parole là tout de suite ne t'apporterait rien à toi, que ce serait une dépense d'énergie inutile et que ton expérience personnelle vaut mieux que les toilettes à la propreté douteuse d'un bar.

Combien de temps faut-il pour finir de se mettre du rouge à lèvres alors qu'on parle en même temps ? Plus de sept tours de langue dans une bouche, tu te dis.

Tu te tais mais le plus cher désir de tes deux mains est maintenant de se plaquer sur ces deux bouches, celle de chair molle, celle solide du miroir qui continuent inlassablement de jouer au ping-pong au-dessus de l'émail du lavabo. Combien de temps faut-il pour que la personne qui occupe les toilettes en sorte, que tu t'engouffres dedans et que la grosse bouche écarlate disparaisse ? Alors tu pourras au moins te concentrer sur le bruit de ta vessie qui se vide plutôt que sur le flux de parole.

Tu as dû souffler, ce n'était pas prémédité mais tu crois que tu as soufflé fort, un grand coup d'air vers le dehors pour ne pas dire tous les mots qui fourmillent sur ta langue, un coup d'air à la place de tes deux mains sur la glace et sur la chair labiale. Tu as dû souffler sans même t'en rendre compte.

Les deux bouches se sont immobilisées. Les yeux de la jeune femme jusqu'alors occupés à fixer les lèvres se sont relevés pour chercher la provenance de cette sortie d'air impromptue. Toi aussi tu as relevé les yeux, ils ont enfin réussi à se détacher de la bouche. Le reflet de la femme te voit, tu le regardes, tu le fixes.

Le résultat est immédiat.

Brusquement le visage se détourne de la glace pour se tourner vers l'amie. La bouche dit qu'elle a fini d'être maquillée. L'œil de l'amie se détache du miroir portatif : lui aussi est prêt. Les deux jeunes femmes se dirigent vers la sortie des toilettes. L'espace est étroit, elles doivent se faufiler juste à côté de toi. Au moment où elle passe, la femme au rouge à lèvres te frôle avec son sac.

Pardon, elle dit, sans un regard.

La porte des toilettes bat et tu te retrouves seule, face au miroir.

Ton envie d'uriner disparue, mise en suspens,
Oubliée,
Oubliée, la troisième bière entamée sur la table,
Oubliés, les mégots de cigarettes dans le cendrier,
Oublié, cet homme qui t'a attendue, qui va t'attendre encore.

Quelque chose s'est cassé

Tu te souviens que pendant des années tu as dressé
ton arbre généalogique pour pouvoir le montrer dans la
cour de récréation, l'expliquer aux camarades. En haut
de l'arbre, tout là-haut dans les branchages, tu as écrit
Abba : Niger, Inna : Algérie, Yacob : Argentine, Danièle : France.
Surnoms ou prénoms des quatre grands-parents associés
à leur lieu de naissance. Tu veux rendre les amis curieux,
qu'on te demande de développer. Tu racontes comment
ces grands adultes, ces vieux adultes à la cime du grand
arbre sur papier A4 sont tes racines. Avec enthousiasme,
tu racontes que ton récit familial germe dans l'identité
pied-noire de ta grand-mère maternelle Inna et dans
celle nigérienne d'Abba son mari. Tu es un quart pied-
noire, un quart nigérienne, un quart argentine, un quart
française. Tu ne sais pas ce que « pied-noir » veut dire,
tu l'as retenu pour sa force évocatrice, et l'un de tes premiers malaises vis-à-vis de ton identité de papier vient

quand la guerre d'Algérie est abordée pour la première fois dans la salle de classe, quelques heures seulement après que tu as parlé de ton arbre familial : être né en Algérie et être algérien deviennent alors deux choses radicalement différentes, voire, dans le cas des pieds-noirs, antithétiques, et tu comprends que c'est loin d'être un étendard facile à porter, que tu as envie de porter.

Quelque chose s'est cassé

Pendant des années, tu as raconté. Tu expliquais : « Abba a rencontré Inna à Alger où ils faisaient tous les deux leurs études. Ils sont partis ensemble à Paris pour les terminer et y sont restés, car, après la guerre en Algérie, il n'était plus question de revenir y vivre pour Inna et sa famille, et puis aussi, et puis surtout, Abba a été nommé ambassadeur au moment de l'indépendance de son pays. » Tu te disais qu'il n'y avait pas de meilleure façon pour terminer ton histoire que de la clore par cette dernière information. Les mots « ambassadeur » et « indépendance » jaillissaient alors de ta bouche, auréolés de tout le plaisir que tu prenais à les penser et à les formuler.

Tu racontais aussi que Yacob, ton autre grand-père, était né en Argentine, mais que ses parents étaient des juifs russe et roumain qui avaient sûrement fui les pogroms. Là encore, la signification de ce mot t'était inconnue, mais ses sonorités t'intriguaient.

Le surnom de Yacob était Vito, personne ne l'appelait Yacob. « Pour passer de Yacob à Vito, de Vito à Yacob, on voyage de l'Argentine vers la France, de la France à l'Argentine », a dit ton père un jour. Il a ajouté : « "Vito" c'est la déformation française du surnom argentin "Bito", le "v" et le "b" en espagnol étant très proches. Mais en français "Bito" c'est moche, ça fait trop penser à un gros mot que tu n'as pas le droit de dire. "Vito" c'est mieux. »

Vito donc en français, Bito en argentin, réduction à l'essentiel du diminutif Yacobito.

Tu t'es roulée dans toutes les images nées des formules que les adultes employaient pour parler de l'histoire familiale et alors tes ancêtres se sont transformés en personnages dignes de contes ou de bandes dessinées.

Abba a été « propulsé », « bombardé » ambassadeur, Inna a toujours dit. Lorsqu'elle profère ces mots tu ne peux pas t'empêcher d'imaginer ton grand-père dans la cuillère d'une catapulte, directement projeté dans sa tenue officielle d'ambassadeur. De cette tenue, il existe une photo en noir et blanc que tu regardes avec admiration les fois où tu vas chez ta grand-mère. On peut y voir Abba en boubou d'apparat de couleur claire, blanc ou bleu ciel, avec des broderies nacrées dessus. Abba est en train de monter dans un carrosse. Derrière lui, un homme en costume militaire, bardé de médailles.

Tu as raconté, adoré raconter, toutes ces histoires

de voyages alors que toi tu avais toujours vécu dans le même immeuble au bord du périphérique, que tu n'avais jamais pris l'avion ou le bateau, très rarement le train. Tu n'avais, tu n'as, jamais mis les pieds au Niger, en Argentine, en Algérie, en Russie ou en Roumanie, ne connaissais et ne connais toujours rien de la réalité de la vie dans ces pays. Les contacts avec les frères et sœurs de tes grands-pères demeurés à Niamey et à Buenos Aires étaient et sont restés presque inexistants, mais tu aimais te dire que ta naissance et celle de ta sœur dépendaient de croisements de routes improbables, de mouvements sans lesquels vous n'auriez pas pu naître.

« Presque tous les continents dans mon arbre généalogique », tu disais. Fière.

Tu as raconté sans relâche alors même qu'il ne venait à personne l'idée de te poser la question de tes origines. Dans ton école et ton collège en bordure du périphérique, tes yeux bleus, ta peau claire, tes cheveux châtains n'appelaient alors aucune remarque. La question « Tu viens d'où ? » ne franchissait presque jamais les lèvres de tes camarades de classe. Tu étais blanche, ta sœur, Esther, était blanche. La question ne se posait pas.

Quelque chose s'est cassé

Tu te regardes dans le miroir et tu te dis que tu n'aimes plus, n'aimeras plus jamais, raconter ton histoire familiale comme lorsque tu étais enfant. Quand tu racontes, tu glisses sur le récit, tu parles de personnes qui te paraissent lointaines, le lien entre elles et toi s'est coupé.

Quelque chose s'est cassé

Vito et Abba sont tous les deux morts figés. Deux maladies les ont transformés en statues. Fibrose pulmonaire pour l'un, Parkinson pour l'autre. Vito est mort deux bouteilles d'oxygène reliées à son nez, les poumons en feu au moindre geste. Tu ne l'as jamais vraiment connu, il est mort avant que tu saches marcher.

Abba, tu as connu un bout de lui, tu gardes le souvenir d'un corps rigide allongé dans un trop grand lit, d'une parole sporadique empêchée par les décrochements de mâchoire à répétition. À sa mort tu t'es sentie coupable de ne pas être triste. Le téléphone a sonné, la nouvelle est tombée et toi tu as dit que tu allais presser un jus d'orange. Dans la cuisine, le jus a coulé dans le presse-agrume et tu as pensé qu'il aiderait peut-être ta mère et ta sœur à arrêter de pleurer.

Ce jour-là tu ne ressens que la peine des autres. À la place de ta tristesse à toi il y a un grand vide, la certitude que cette mort était inévitable et la conviction que tu es insensible. Ce soir-là, dans ton lit, pour te prouver à toi-même que ce n'est pas le cas, tu tentes de t'émouvoir en imaginant la perte d'autres personnes de ta famille, d'amis, de gens que tu connais bien : les larmes montent vite et te rassurent.

Aujourd'hui, tu te dis qu'avant même qu'il meure Abba appartenait déjà pour toi au passé. Une figure tutélaire de la mythologie familiale, une succession d'anecdotes racontées par les autres sans correspondance avec la personne réelle que tu avais rencontrée.

Abba et Vito ne se sont jamais côtoyés et, d'après ce que tu as entendu d'eux, ils avaient des caractères opposés, mais leurs deux morts immobiles se ressemblent, résonnent en toi de la même manière. Elles ont mis un point abrupt à l'histoire des mobilités familiales. Dans le miroir des toilettes du bar, tu te regardes et tu as peur d'avoir hérité de cette immobilité, peur qu'elle soit déjà en train de s'immiscer en toi, qu'elle finisse par imprégner tous tes pores. Tu repenses au corset qui a comprimé tes côtes et ton dos de tes quatorze à tes seize ans, à la cour de l'école et à son muret granuleux, tu repenses à ce qu'il s'est passé dans le fumoir et tu te dis que les indices sont déjà là.

Quelque chose s'est cassé

Peu de temps après le corset, tu te dis.

Quelque chose s'est cassé

Peu de temps après qu'il s'est disloqué.

Tu t'es rendu compte que ton corps avait changé. Sa carte remaniée de fond en comble. Comme si, pendant cette relation exclusive de deux ans avec ce double de toi rigide, tu t'étais absentée et que tu retrouvais un tout autre lieu que celui que tu avais laissé avant ton départ.

Un dos plus droit, une poitrine nouvelle, de nouvelles hanches, de nouvelles fesses, de nouvelles cuisses. Une répartition des poids différente à apprivoiser.

Quelque chose s'est cassé

Ton corps retrouvé. Ton corps métamorphosé, et dans les yeux d'étrangers il a commencé à venir d'ailleurs. Presque du jour au lendemain, il n'a plus pu venir du douzième arrondissement, de la ceinture rouge parisienne, de la frontière avec le périphérique. Depuis ce moment, dans ta mémoire, s'agrègent les souvenirs de regards, de bouches et de langues inconnus, à la terrasse des cafés, dans les fêtes, à la boulangerie, à la piscine, dans un ascenseur, au coin d'une rue. La masse anonyme d'un public nouveau attend que tu racontes. Il faut maintenant que tu dises, que tu saches dire. Mais ces spectateurs réclament un récit qui n'exige aucun détail ; il leur faut seulement une histoire qui vienne confirmer ce qu'ils ont deviné au premier coup d'œil, satisfaire leur regard de maître qui sait différencier ce qui vient d'ici et ce qui ne vient pas de là, sensible à la subtilité des courbes et des couleurs. Il faut juste que tes histoires expliquent, qu'elles racontent ton corps, qu'elles racontent ta façon de te mouvoir.

La carte de ton corps ; la carte du monde.

Dans le regard des autres, tes yeux bleus de Russie, de Roumanie ou de France. Tes cheveux un mélange de la France et du Niger. Tes fesses hautes, tes hanches pleines du Niger. Ton histoire, leur histoire à eux, Inna, Abba, Vito et Danièle, pour dire ton anatomie, pour expliquer le désir qui monte.

Les métisses ça m'excite, il a dit.

Les questions pleuvent et l'envie de raconter s'évanouit, te reste en travers de la gorge, mais souvent, pour éviter le conflit, pour éviter de paraître hostile, tu réponds et tu sers sur un plateau d'argent une version de ton histoire familiale aussi lisse que ton reflet dans le miroir des toilettes du bar et tu n'as qu'une peur c'est que cette version devienne la seule dont tu te souviennes, qu'elle ne te laisse aucune prise à laquelle te rattacher, que ton histoire te file entre les lèvres.

Quelque chose s'est cassé.

Vos deux corps nus dans un lit que tu ne connais pas. Tes narines contre des draps à l'odeur de lessive étrangère. Une de tes mains dépasse du lit et surplombe de quelques centimètres son pantalon blanc, ta culotte, vos chaussettes, le haut à fleurs orange, rouges et ocre éparpillés le long du lit.

Tu n'as pas dormi, à côté de quelqu'un dans un lit tu ne dors pas, pas vraiment. Le sommeil de l'autre mange le tien. L'inconnu à côté de toi dort pour deux et son souffle paisible frôle ton dos. Toi, le souvenir de votre désir comme une nappe nuageuse se déplace le long de tes membres, part de tes orteils et se glisse entre tes cuisses, court sur ta colonne vertébrale jusqu'à ta nuque. Il se répand sur ta poitrine, couvre tes omoplates, lèche ton visage, remonte jusqu'au sommet de ton crâne.

Les yeux ouverts, tu observes les ombres qui se dessinent sur les rideaux de lin rouge de la chambre. Tu les regardes se faire et se défaire au rythme de la brise qui va et vient par la fenêtre entrouverte. Les images de ta journée se déforment sur l'écran mouvant.

Les mains de Louis et Maxime. L'eau douce de la douche perle sur tes mains et sur la peau des jumeaux. L'eau salée mange la face de Louis, celle trouble au fond de la baignoire sent la myrtille et le menthol. *Jure sur la tête de la personne que tu aimes le plus au monde. Toujours tu casses.* Les images de la manifestation à laquelle tu n'es pas allée, au fond de la baignoire. Charge policière, nuages de fumée, des hommes et des femmes ont arrêté la circulation du périphérique et marchent sur le bitume gris de la route, moto blanc et bleu, matraque, matraque, flash-ball. *Toujours tu casses.* Dans un sous-bois, tes cheveux-fougère et le regard de la femme assise au bar. La bouche dans le miroir, la bouche au-dessus du lavabo en faïence, l'œil pailleté dans le miroir de poche, la phrase qui ne s'arrête jamais. Le rouge envahit tes yeux. Il coule des murs du bar, du fumoir. *Tu viens d'où ? Tes cheveux, ils viennent pas du douzième.* Ma lionne. Sa cage. Ta cage. Saccage. Le miroir s'est brisé et les images qu'il renvoie sont aussi lisses que disparates. Derrière le rideau grenat, le perroquet se gave de mouches qui attendent leur tour, sagement. La sève d'un arbre duquel pendent les portraits de parents, de grands-parents inconnus. Un piège à sucre. Tes paupières se collent.

Une ombre court sur l'épiderme de ta fesse droite, suspend son mouvement au-dessus de son point culminant. La main de l'étranger s'est arrêtée à la frontière entre le survol et le réel toucher. Semi-présence dans la presque clarté du jour qui se lève, dans l'obscurité qui s'en va. Ton cul frémit et l'onde se répand dans le reste de ton corps, ton cou se renfonce dans tes épaules pour se déployer à nouveau. L'autre main plane au-dessus de la crête de tes clavicules et sent le frisson qui te parcourt. Les perroquets vivent à deux dans les cimes, tu as lu un jour. Depuis leurs hauteurs, les deux mains observent ton domaine.

Nord sud est ouest.
Sans désir de conquête,
Pour le plaisir des paumes.

Entre la chair de ses mains à lui et celle de ton cul,
De ton cou,

En suspension,
La possibilité de ton départ.

Pour quelques minutes encore,
Le volettement de tes mains à toi cesse,
Tu retiens ton souffle,
Savoures
Le plaisir de rester,
Savoures
Le silence qui s'épaissit au bord de tes lèvres sans
peser sur elles,
Sans que la langue se presse pour expulser les mots
inutiles,
Les mots de rigueur.

Les mains étrangères passent et repassent,
Le souvenir d'une ancienne chaleur, de la chanson
de l'orage, refait surface,
Mais cette fois-ci le feu ne brûle pas ton épine dorsale.

Pour quelques minutes encore,
Dans le secret de tes dents resserrées,
Avoir envie d'être là
Longtemps.

Pour quelques secondes encore,
Tes muscles se retiennent de rompre l'apesanteur du
moment,

Ton immobilité ondule sous ton épiderme,
Par vagues, elle déferle le long de tes membres.
Tu la contiens, la retiens en toi,
Et l'instant dure, dure, dure,

Pour quelques secondes encore,

Jusqu'à cette dernière lame qui te bouscule,
La lame de trop.
Ton mouvement est imperceptible,
Tu as cru qu'il l'était,
Mais les deux mains au-dessus de toi l'ont perçu,
Et déjà s'interrogent,
Te questionnent,

Tu es sûr ? demande la main au cul,
Sûr de ce que tu viens de dire ?

Oui, tu peux partir. Je veux bien que tu partes maintenant.

Sous la douche tu tentes de détendre un à un tes muscles. « Tu as deux steaks à la place des trapèzes », c'est ce que le kinésithérapeute a dit lorsque tu es entrée dans son cabinet pour la première fois.

Quelques heures après le rendez-vous, alors que tu te tiens nue devant le miroir en pied de ta chambre, l'évidence de cette image te frappe ; les muscles gorgés de fatigue et de tension, encore fumants après la douche brûlante, se transforment pour la première fois en deux épais quartiers de viande. Nue devant la glace, tu te dis que si ces deux steaks étaient servis à dîner ils ne pourraient que décevoir et alors tu entends Yacob, le grand-père argentin, faire une remarque sur les probables souffrances endurées par la bête au moment d'être tuée ; la besogne a dû être mal exécutée, le bœuf dans l'abattoir a dû souffrir et maintenant la viande refuse d'être tendre, reste dure sous la dent.

Tu te demandes comment Yacob et toi auriez interagi si vous aviez passé du temps ensemble, quels auraient été vos liens. « Je pense que vous ne vous seriez pas très bien entendus. Tu es trop cérébrale. Pas assez ancrée. Trop sérieuse. » La voix de ton père résonne dans ta tête.

Peut-être que si je l'avais connu je le serais moins, tu te dis.

De Yacob, tu as vu quelques photos ; les détails de l'une d'entre elles sont restés gravés dans ta mémoire, si bien que lorsque tu penses à lui c'est toujours la même image qui se forme dans ton esprit. Quand tu imagines Yacob, les contours d'un homme de très petite taille, un mètre soixante-cinq tout au plus, portant un pantalon orange, un pull à la couleur et aux motifs indéfinissables ainsi qu'un appareil photo en bandoulière se dessinent instantanément dans ton cerveau ; derrière lui se dressent des ruines italiennes ou peut-être grecques. Lorsque ton père parle du fort accent de Yacob, un accent argentin qu'il n'a jamais essayé de gommer, c'est de la bouche de cet homme en vacances dans les années soixante-dix que tu entends sortir des « r » nonchalamment roulés, des « u » prononcés « ou ».

De Yacob, tu ne connais que ce que l'on dit de lui ; tu ne connais que son aversion pour les légumes, son goût pour les boîtes de conserve, la viande et la séduction, son penchant pour les femmes de vingt ans plus jeunes que lui, le nom de deux d'entre elles, son tabagisme, sa profession : décorateur scénographe, son amour pour les bibelots et les collections en tout genre, l'histoire de la maladie des poumons qui l'a tué. « Tu vois, les poumons c'est comme des pulls en laine, il suffit de tirer sur un fil pour que toutes les mailles se défassent progressivement. » Les poumons de Yacob se sont détricotés.

Pour toi, Yacob est un pantalon gréco-latin couleur carotte, un géant vert métallique, un steak saignant, Nicole et Sophie, un paquet de Marlboro, les immenses bibliothèques en bois du salon, une collection de statuettes, des masques népalais, la clef et le porte-clef démesurément gros et lourd de la chambre 72 d'un hôtel à Mexico, un tricot en matière trop organique, des cendres éparpillées sous un olivier quelque part au cœur de la Drôme.

Yacob est une immense construction à laquelle chaque nouvelle anecdote vient ajouter une pièce, une porte ou une fenêtre. Yacob n'a pas de visage, son identité est toujours mouvante. Pourtant, quand tu dois te présenter, quand tu dois dire ton nom, c'est le sien qui sort de ta bouche ; ton identité est placée sous le sceau de ce nom de famille juif ashkénaze à consonance allemande que Yacob tenait lui-même de ses parents.

Ton père t'a toujours dit que ce nom signifiait « Fils de Dieu » ; ses deux premières syllabes seraient une déformation de « Yahvé », sa dernière un dérivé du traditionnel « son » germanique : fils. Petite-fille de Yacob, tu es une « fils de Dieu ».

Ton nom de famille, un nom fixe qui ne correspond

en rien à la réalité de ton quotidien mais qui ne bougera pas, car tu l'aimes beaucoup. Un nom trop long qui requiert la concentration de la personne qui l'écrit et que les inconnus écorchent presque toujours. Un nom exigeant et susceptible.

Tu es trop cérébrale, pas assez ancrée. Pourtant, depuis plusieurs nuits c'est bien ton corps qui refuse de glisser dans le sommeil, refuse que le cerveau l'oublie quelques heures, lui qui prend toute la place dans tes pensées. La tension serpente le long des muscles et les serre en étau ; les membres ne se laissent pas hypnotiser, ils se méfient.

Tu es partie sans dire au revoir, tu as profité de ce que l'inconnu se soit rendormi pendant que tu prenais ta douche pour récupérer tes affaires. Avant de quitter son appartement, tu as écrit un mot dans lequel tu le remerciais pour la douce soirée, la douce nuit, puis, une fois rhabillée, tu as posé en évidence le bout de papier sur lequel se devinait ton écriture en pattes de mouche, tu as longé le couloir qui menait jusqu'à l'entrée, remis tes chaussures et refermé la porte de chez lui sans faire de bruit.

Dans la rue, la lumière, la hauteur du soleil dans le ciel, l'activité des commerces, des cafés te montrent que la matinée est déjà bien avancée, chez l'inconnu tu t'es longtemps laissée somnoler, portée par le presque sommeil. Tes paupières sont encore lourdes, tu aimerais aller te recoucher, mais pas dans son lit à lui, ni dans ton lit mezzanine qui grince sous ton poids d'adulte, pas dans la chambre que tu partages avec la sœur. Tu rêves d'un lit immense aux draps doux, rien que pour toi. Tu rêves d'un appartement vierge de souvenirs, aux murs bleus sans rien qui soit placardé dessus. Une plage lisse où rien ne retiendrait ton regard. « Pense bleu », tu te dis souvent quand tu n'arrives pas à t'endormir, et alors tu imagines un grand écran bleu dans lequel tu peux plonger sans heurts, sans pensées s'accrochant à un quelconque relief.

Une déflagration dans la chair de ta fesse gauche. La poche arrière de ton pantalon vibre et le tintement faussement cristallin de la sonnerie de ton téléphone rebondit sur la cellulite et le muscle.

La sensation te détache de l'écran bleu, du rêve de lit sans fin, de murs sans décorations. Sur l'écran de ton téléphone, « Inna » s'affiche.

Tu décroches et la voix de la grand-mère maternelle retentit. Tu devines le sourire qui se dessine sur ses lèvres : tu as répondu.

Tu ne réponds pas toujours, tu ne réponds pas assez et tu sais que cela l'attriste. Inna est nostalgique de cette époque où ta sœur et toi veniez chez elle tous les week-ends ou presque, de la traditionnelle partie de crêpes du samedi soir, de la frita oranaise et du poulet qu'elle vous préparait le dimanche. Te faire des tresses qui tiendront longtemps lui manque. Tu l'entends dans le sourire de sa voix.

Elle te dit qu'elle est étonnée que tu aies répondu à dix heures trente du matin, qu'elle en est très heureuse. Elle appelait en se disant qu'il était trop tôt pour le faire, elle allait laisser un message que tu pourrais écouter plus tard. Elle espère qu'elle ne te dérange pas, mais ajoute dans la foulée que ça a l'air d'aller parce que tu es apparemment dans la rue : elle vient d'entendre une voiture passer à l'autre bout du fil. Elle te demande comment tu vas, ce que tu fais, elle te dit que cela fait trop longtemps que vous ne vous êtes pas vues toutes les deux en chair et en os.

Ses questions se succèdent et chacune de tes tentatives de réponse se trouve mangée par une nouvelle remarque. Cela t'arrange de ne pas avoir à expliquer ce que tu fais et tu profites de l'enchaînement de phrases pour ne pas répondre aux premières interrogations. Tu lui dis que toi aussi tu as envie de la voir, que tu vas essayer de venir chez elle la semaine qui suit et tu lui retournes ses questions quoique tu en connaisses déjà les réponses. Tu sais qu'elle va te dire qu'elle est débordée. Il y a quelques mois, elle a terminé son dictionnaire français-peul et tu as pensé que c'était le moment qu'elle avait finalement choisi pour prendre sa retraite, vingt ans après l'âge légal. Tu y as cru quand elle t'a dit que c'était son dernier chantier, qu'ensuite ce serait fini et qu'elle allait cesser de relire les thèses de parfaits inconnus, de corriger des articles d'amis. Mais elle a donné le dictionnaire à son éditeur et elle n'a pas pu s'empêcher de replonger dans le travail. Tu comprends maintenant qu'elle ne s'arrêtera jamais, qu'elle ne peut pas s'arrêter.

Tu lui demandes ce qu'elle fait de ses journées et elle répond qu'elle effectue un tri dans ses dossiers. Elle dit qu'elle a plein de choses à faire parce qu'elle a quatre-vingt-quatre ans et qu'elle veut être sûre qu'après sa mort son travail pourra être utilisé par d'autres qu'elle. Alors elle retranscrit tous les enregistrements qu'elle avait laissés dans ses placards jusque-là ; elle traduit des poèmes, plein de poèmes. Depuis plusieurs jours elle se casse la tête sur des centaines de vers religieux qu'elle dit compliqués parce qu'ils sont écrits dans un peul qui vient d'une autre région que celle dont elle est spécialiste. Mais elle ajoute qu'il faut absolument qu'elle finisse cette dernière entreprise pour pouvoir transmettre tous les dossiers en sa possession à « la dame de la BNF ».

La dame de la BNF, une mystérieuse figure que tu ne connais que par cette appellation, a accepté de récupérer et d'archiver la partie de la matière textuelle accumulée par Inna n'ayant jamais été publiée au cours de sa carrière. Quelquefois tu te demandes si cette femme existe vraiment, tu te dis que la dame de la BNF est peut-être un gentil spectre qu'elle a imaginé pour légitimer la charge de travail qu'elle se donne à elle-même, une présence qui l'autorise à se plonger encore et encore dans la langue qui l'a passionnée toute sa vie. Le peul, qu'elle a découvert à travers son mari et appris pour son mari, « au cas où ils seraient tous les deux amenés à aller vivre au Niger, dans le cadre de ses fonctions ». Le peul, sa grammaire, son organisation, ce que les dialectes disent de la façon de voir le monde des populations qui les parlent, Inna peut en discuter des heures, toujours avec la même passion.

Tu sais que la prochaine fois que tu viendras la voir elle dira à nouveau son amour pour la traduction. « Réussir à traduire, à faire passer les phrases d'une langue à l'autre, ça m'obsède, c'est le plus beau des jeux. » Souvent tu te dis qu'Inna a été amoureuse autant de la langue peule que de son mari. Tous deux, elle les a aimés, elle les aime d'un amour inconditionnel, leur a consacré sa vie.

Quand est-ce que tu viens,
que je te raconte un peu ma vie ?

La question résonne dans la cavité de ton oreille, s'infiltre dedans. Tu t'attendais à ce qu'Inna te la pose. La question vient se glisser dans chacune de vos discussions téléphoniques, mais la formulation, toujours la même, te déstabilise à chaque fois. Depuis quelques années, tu es devenue l'auditrice privilégiée d'Inna, celle qu'elle a choisie pour l'écouter raconter son histoire, des bouts de sa vie qu'elle enfile comme des perles au cours de longs récits. Inna aime raconter, c'est à travers sa bouche que tu as découvert une partie de la vie d'Abba, que tu peux te faire une idée de ce à quoi ressemblait la vie à Oran, sa ville natale à elle. Elle sait faire bifurquer les conversations quotidiennes vers le récit de son histoire. Ce que l'on mange, ce qu'on lit, ce qui passe à la télévision, les bijoux qu'elle porte, qu'elle offre, les tissus qui servent à recouvrir le canapé de son salon sont autant de tremplins vers de nouvelles anecdotes.

Mais depuis quelque temps les lucarnes que lui offre le fil aléatoire de discussions avec toi ou d'autres membres de la famille ne lui suffisent plus ; il lui faut créer un cadre officiel, ménager des instants où il est certain qu'elle aura tout l'espace et le temps dont elle a besoin pour fournir un récit détaillé et complet. Un moment où elle va parler et où tu vas écouter, devenir une oreille réceptacle.

Quand est-ce que tu viens me voir,
que je te raconte un peu ma vie ?

Tu promets que tu viendras la semaine suivante, pour le goûter. Inna est heureuse, tu l'entends à la façon qu'elle a de te dire qu'elle achètera des gâteaux pour l'occasion.

Avant de raccrocher, elle ajoute que ça tombe bien que tu viennes parce qu'elle a retrouvé quelque chose qui pourrait t'intéresser. En triant, elle a redécouvert la transcription écrite d'un entretien qu'Abba a donné pour la télévision. Tu lui dis que tu ne savais pas qu'Abba était passé à la télé. Elle te répond que si, la vidéo de l'entretien existe encore, on peut la trouver en ligne, elle va d'ailleurs t'envoyer le lien tout de suite par mail. Mais, elle te prévient, la transcription écrite est bien plus intéressante que l'entretien vidéo. Ils ont tout coupé au montage.

Tu as dit à bientôt à Inna et raccroché. Maintenant une autre voix familière a remplacé la sienne dans tes écouteurs.

Cesária Évora dans les oreilles chante :

> Ausência, ausência
> Si asa um tivesse
> Pa voa na esse distancia

La voix chaude, toute chaude, une voix comme du miel, pas une voix mielleuse, une voix dorée avec ses bulles d'air microscopiques dedans, une voix ronde et onctueuse qui coule et enveloppe les tympans d'une chrysalide sucrée. Tu ne parles pas la langue qui se déverse dans tes oreilles, mais tu as toujours l'impression que les modulations de cette voix te transmettent le sens des mots que tu ne comprends pas. Tu écoutes et le timbre, les vibrations de la voix te racontent ce que les mots disent, racontent ce sentiment de solitude que le rêve d'une étreinte dans des bras qui n'existent pas vient apaiser ; la nostalgie d'un pays perdu que le temps de la chanson fait renaître.

Si um gazela um fosse
Pa corrê sem nem um cansera

Cette voix apparaît toujours au bon moment, elle ne fatigue jamais l'oreille et s'adapte aux humeurs. La voix rend les moments doux plus doux encore, elle accompagne la joie, mais elle sait réchauffer et rassurer aussi, c'est une voix dans laquelle on peut se blottir.

Anton ja na bo seio
Um tava ba manchê

Dès que la voix apparaît, elle réveille en toi la mémoire de personnes absentes. Lorsque Cesária Évora chante, un sentiment de manque étrange surgit en toi qui te fait regretter des personnes que tu n'as pas connues, des lieux que tu n'as jamais visités.

E nunca mas ausência
Ta ser nôs lema

Cesária dans les écouteurs, et encore une fois Yacob se met à flotter dans tes pensées. Évora chante et Abba le rejoint bientôt.

« Vous avez les mêmes mains. » Inna a dit.

« C'est fou ! » Elle a dit.

« Les mêmes mains. » Elle a répété.

Lors de la première visite que tu lui as rendue après son retour de l'enterrement d'Abba au Niger, le regard d'Inna s'est posé sur tes longs doigts, tes majeurs dont la dernière phalange légèrement dévie, tes pouces à la courbe concave. Vous avez les mêmes mains.

Une seule fois elle s'est autorisée à laisser paraître devant toi la tristesse d'avoir perdu Abba.

20 AOÛT

Des rayons de nuit se glissent tous les soirs au travers des interstices qui strient tes volets, ils se figent sur le plafond de ta chambre. Dès le premier soir que tu as passé dans ton lit mezzanine, tu as tenté de les recenser pour t'endormir. Maintenant encore, presque tous les soirs, tu les comptes et recomptes, quelquefois dans ta tête, d'autres fois en chuchotant :

Un, deux, trois, quatre, cinq…

Les fentes collées au plafond sont tes moutons à toi, mais tes pensées viennent toujours troubler ton décompte et alors ta vision se brouille, les rais lumineux tanguent et résistent à tes calculs.

Souvent tu te redresses sur les coudes afin de t'en approcher le plus possible et le lit tout entier grince.

Qu'est-ce que tu fous ?

La voix de la sœur s'élève à ta droite en provenance du second lit.

Rien.

Et tu te laisses retomber sur ton matelas. Nouveau grincement.

Une fente, deux fentes, trois fentes,
quatre fentes, cinq fentes, six fentes…

Aujourd'hui tu as regardé la vidéo qu'Inna t'a envoyée par mail il y a plus de deux mois.

Des mois qui ont filé sans que tu les voies passer.

Même si, presque tous les jours, le souvenir de ce document dans ta boîte mail a ressurgi.

Avec Louis et Maxime.

À la terrasse d'un café.

Dans le bus de nuit quand tu as fui Paris.

Lorsque le faux velours bleu des sièges du véhicule a piqué le dos de tes jambes qui ne trouvaient plus aucune posture adéquate.

Quand tu t'es retrouvée seule au milieu de la mer et que l'eau a crépité, que le sable qui tapisse ses profondeurs et le sel ont parlé dans une langue étrangère faite de milliers de petits craquements.

Tu t'es rappelé le mail déposé sans que jamais tu te sentes prête à l'ouvrir.

Comme si ce film de cinquante minutes renfermait un secret que tu n'étais pas encore en mesure d'entendre.

Tu as hésité à voir la vidéo avec Inna, pour qu'elle t'en raconte l'histoire, les coulisses, mais tu ne voulais être influencée par personne en la regardant.

Être libre d'en penser ce que tu veux.

« Ce n'est pas lui. » La mère a dit quand tu lui as parlé de l'archive attendant sagement dans ta boîte mail.

« Ce n'est pas la personne que j'ai connue. Il ne se ressemble pas. Je n'ai jamais pu regarder cet entretien jusqu'au bout. »

À quoi ressemblait Abba ?

Tu as essayé de redessiner les traits de son visage, de te rappeler sa voix, sa façon de parler, sans vraiment y arriver. Tu t'es plu à convoquer toute une mosaïque d'images restées ou perdues au fond de ta mémoire.

Tu te souviens du jus d'orange pressé le jour de sa mort et la tristesse te submerge. Ce soir tu pourrais pleurer en recevant la nouvelle.

… sept fentes, huit fentes, neuf fentes, dix fentes…

Le deuil des grands-pères à contretemps.

Après la fibrose pulmonaire et Parkinson.

Longtemps après la pulpe des oranges sur tes doigts collants, après les poumons pulls de laine.

Après le goût d'agrume dans la bouche quand les larmes n'ont pas coulé.

Il n'y a jamais eu de lieu pour te recueillir.

Les cendres de Vito dispersées dans un champ dont tu ignores la localisation.

Sans toi.

Le corps d'Abba enterré quelque part au Niger.

Sans toi.

Les morts ne se sont jamais imprimés sur ta rétine.

Pendant longtemps, ils n'ont pas, ils n'ont plus, existé.

Des endroits que tu ne connais pas, lointains et étrangers, te paraissent impossibles à retrouver.

Tu inventes.

Tu inventes le champ de lavande.

Ou peut-être est-ce un champ d'oliviers.

Tu inventes que tu y retournes pour la première fois depuis dix-sept ans. Tu sens l'odeur du trop-chaud caniculaire. Un début de mois d'août. L'odeur de l'ardoise brûlée par le soleil que l'on retrouve par fragments dans la poussière du sol. Tu inventes cette étendue mi-végétale mi-pierreuse de la Drôme devant toi.

Tu inventes qu'il y a une invasion de sauterelles comme la dernière fois que tu es venue mais que ça ne te fait plus peur.

Tu inventes que tu ne crains pas d'ouvrir la bouche et d'en avaler une, qu'il n'y a pas de sauterelles avec des dards.

Tu inventes que le père te donne les coordonnées exactes pour retrouver cet endroit dont tu rêves souvent.

Tu inventes qu'il se souvient des bonnes coordonnées, qu'il ne les a pas oubliées, perdues dans un vieux carnet.

Tu inventes qu'il retrouve le carnet dans un caisson qu'il n'a jamais rouvert depuis son dernier déménagement.

Tu inventes que tu as le permis de conduire et que tu te rends seule dans ce champ au centre duquel, c'est sûr, il y a un vieil olivier.

C'est certainement un champ de lavande, mais l'olivier au centre c'est sûr qu'il existe.

Tu inventes que, si tu n'as toujours pas le permis, il y a un bus qui t'amène directement devant le champ, que le chauffeur de bus sait tout à fait de quel endroit tu lui parles. L'arrêt s'appelle Les Lavandières, l'olivier est centenaire, il te dit.

Tu inventes qu'il te laisse à une station invisible, sans abri, sans panneau.

Peut-être que cette station n'existe pas et que le chauffeur de bus a simplement été gentil et t'a déposée là.

Peut-être que tu lui as plu, au chauffeur.

Peut-être que tu l'as amadoué et qu'il t'a proposé de t'emmener au champ.

Peut-être que tu lui as fait de la peine, au chauffeur. Suante des quarante degrés au soleil, un peu perdue, une légère fébrilité dans la voix au moment de lui demander s'il s'arrêtait bien « au champ de lavande avec un olivier au centre ».

Peut-être que l'arrêt existe bel et bien et qu'il a simplement fait son travail.

Tu inventes que le champ existe toujours, qu'il n'a pas été remplacé par une autoroute ou autre chose, qu'il t'attend, te tend les bras.

Tu inventes le silence qui n'en est pas un, le silence crissement de cigales et bruits de pas. Il ne te fait pas peur. Tu ne te sens pas seule.

En arrivant tu ne doutes pas. Tu es sûre que c'est bien là que, juste après ta naissance, les cendres ont été semées. Sous l'olivier au milieu du champ de lavande. Pas dans le champ d'à côté. Pas dans les vignes d'en face. Celles qui servent à faire la clairette de Die. La clairette qui pétille sur la langue. C'est bon la clairette de Die.

En arrivant les secondes deviennent plus longues que celles d'hier et tu te sens à l'aise dans le temps qui passe, que tu sens passer autour de toi. Le dos contre l'olivier centenaire, son écorce s'enfonce dans ta chair nue.

Tu inventes que c'était important pour lui d'être ici, d'avoir été laissé ici et pas ailleurs.

Tu inventes que c'était plus important pour lui que pour celles et ceux qui ont répandu les cendres. Maintenant tu es certaine que c'était son désir à lui.

Tu inventes que ton père ne vous a pas raconté d'histoires quand il vous a emmenées dans ce champ pour la première fois, la sœur et toi.

Tu inventes que tu ne te dis pas « Et maintenant quoi ? Qu'est-ce que ça peut bien me faire de savoir que c'est là que le souvenir du grand-père a été dispersé, dans ce champ qui peut-être un jour a été beau, mais où il n'existe plus maintenant que les sauterelles ».

Dans le champ de lavande
La bouche grasse d'huile d'olive du grand-père pater-
nel goûte la chaleur de l'été.
Des souvenirs qui n'existent pas sont recouverts d'un
duvet vert-de-gris
Les feuilles de l'arbre frémissent.

... onze fentes, douze fentes, treize fentes, quatorze fentes...

Tu voudrais mettre en bouteille les odeurs pour les déposer en autel.

Odeur de lavande et d'huile d'olive,

Odeur de chocolat et d'amande,

Odeur d'agrumes,

Odeur de beurre de karité exposé à trop forte puis trop basse température, fondu et d'un coup resolidifié,

Odeur forte de cuir et de teinture bleue, presque insoutenable.

Cuir dans le cagibi pendant des mois, dans la souillarde, fenêtre grande ouverte.

Odeur de la clef des champs prise et perdue.

Il y aurait une odeur par flacon et chacun d'eux serait disposé au milieu du désordre de la grande nappe.

La grande nappe blanche dans la maison rouge de tes rêves, une maison qui ressemble à un endroit que tu as connu, enfant.

Dans le jardin à l'abri des murs rouges et du cerisier malade, une table a été dressée. Sur la nappe blanche, dans des assiettes en porcelaine, des écorces de melon et des bouts de jambon cru baignent dans le jus orangé mélangé au gras et au sel de la viande. Les mouches et les guêpes chassent sucre et restes laissés à l'abandon. Quelques taches de vin et de sauce ont imbibé la nappe. Un verre et deux chaises se sont renversés, certaine-ment poussés par une rafale de vent.

Les flacons sont là, sur la table d'un repas de famille que les participants ont quitté depuis longtemps.

De la sève coule du tronc du cerisier malade.

Les souvenirs rebondissent dans la boîte crânienne.
Il n'y a pas de lieu pour les déposer.
Confier dans le secret et le silence l'absence d'images réelles,
La décomposition des souvenirs
Les détails qui se délitent.

Les fentes sur le plafond, les lignes lumineuses tremblent ; les paupières lourdes du sommeil que tu rêves de voir arriver.

Ce soir, aux chiffres se joignent des lettres ; ces lettres dansent et refusent de se coller les unes aux autres. Avant il y avait un mot et chaque lettre apparaissait comme la suite logique de la précédente.

Il y avait un « a », un « d », plusieurs « e », un « n », peut-être un « i » ou un « y », ça tu en es presque sûre. Tu essaies toutes les combinaisons possibles ; le mot tangue au bord de tes lèvres mais ne glisse pas. Le mot a éclaté dans ta tête, il s'est décomposé pour devenir un puzzle impossible à résoudre. Pourtant, il faut que ça colle. Il faut que ça glisse. C'est important, tu veux retrouver le lien qui unissait les lettres entre elles, reconstruire l'armature perdue du mot. Ne pas retrouver le vrai mot, le bon mot, le mot peul, t'agace. Seule la traduction française est restée gravée dans ta mémoire.

Petite vache blanche.

Le sommeil arrive et rend de plus en plus insaisissable ce mot que tu cherches.

Tes yeux se sont fermés et refusent de s'ouvrir à nouveau ; il ne reste plus que la sensation de la couette, de l'oreiller et du matelas.

Le corps s'enfonce dedans.

L'absence de bruit.

Le silence au-dessus de toi ; depuis longtemps les voisins se sont tus.

Autour de toi, le bruit de la respiration régulière de ta sœur envahit l'espace de la chambre.

Tu te cales dessus.

Te laisser bercer par elle.

Inspiration.

Expiration.

Te laisser porter par le souffle étranger.

Derrière la vitre, le bruit d'un tramway qui passe.

Une voiture grille un feu rouge.

Une autre se gare tout près.

Une portière claque.

Inspiration.

Expiration.

Une portière claque, mais tu n'entends pas le bruit. Du coton dans tes oreilles, il y a comme du coton qui te bouche les oreilles.

Vous êtes sorties de la voiture, une autre portière, celle de devant, claque sans faire de bruit, et maman dit :

« Vous allez voir, c'est comme un œuf de Pâques. »

Ça, tu l'as presque entendu.

Ta sœur et toi vous vous regardez, le sourire sur les lèvres : c'est bon les œufs de Pâques, c'est tout joli aussi avec autour l'aluminium de couleur. Les dorés, les dorés sont tes préférés, ils fondent sur les langues, se répandent dans les palais, les papilles jouissent. Ils sont encore meilleurs quand ils ont chauffé dans le jardin et que leur papier dore au soleil. La langue racle le papier chaud, les doigts tout collants et marron de chocolat. Et la bouche aussi, tout autour de la bouche le chocolat qui badigeonne, la bouche badigeonnée de chocolat et les dents râpeuses de cacao aussi. Mmmm les papilles jouissent plus fort encore.

Le passage piéton devant vous : tu sautes d'une bande blanche à l'autre lorsque le feu passe au vert. Tu sautes sur les bandes et ta sœur par-dessus, elle, elle s'occupe des bandes noires. Il faut se répartir les tâches entre sœurs, les taches : elle les bandes noires, toi les bandes blanches. Au retour vous ferez l'inverse.

Des percussions jouent des rythmes hachés et la première image apparaît sur l'écran de ton ordinateur :

Avertissement
Afin d'assurer la protection des droits de
propriété littéraire et artistique et de lutter contre
la fraude et le piratage, ce programme destiné
à un usage strictement privé a fait l'objet de
mesures de protection techniques restreignant ses
utilisations, ainsi que d'un tatouage numérique
permettant de retrouver dans toute copie illicite
un code d'identification propre à ce programme.

Tu lis le carton en lettres blanches sur fond noir.
Consciencieusement.
Avant, ces annonces servaient toujours de préface
aux films que vous regardiez avec la sœur le dimanche
matin.
Lorsque vous appuyiez sur le bouton « accélérer » de

la télécommande, une petite icône « sens interdit » se dessinait dans un coin de l'écran : ces avertissements, souvent déclinés en plusieurs langues, étaient la salle d'attente du film, son sas incompressible.

Et toi, tu t'exerçais à la lecture dessus : il fallait avoir lu toutes les phrases avant qu'elles disparaissent. Le vocabulaire employé t'amusait ; pirate, tatouer… Ces mots avaient une autre signification dans le monde adulte, tu le savais, mais tu pouvais encore faire semblant de ne pas l'avoir compris. Le droit de partir à l'abordage du film tatoué.

Aujourd'hui cela ne t'est plus possible et ces mots créent une frontière radicale entre l'image et toi, te disent que tu ne pourras jamais t'approprier le contenu de cette vidéo. Quand bien même tu le connaîtrais par cœur.

Tu veux faire tiennes les images qui s'apprêtent à défiler, les phrases qui vont bientôt être prononcées. Les mots placardés sur ton écran, ces mots inamovibles, te frustrent, tu te sens spoliée d'un bien dont tu ne connaissais pas encore l'existence. Ces images devraient être à toi, tu te dis. Elles te reviennent, elles sont ton héritage.

Spoliée.

Juste après le passage piéton.

Devant vous, le grand portail s'ouvre comme par magie après que vous avez sonné.

On a sonné ?

Tu n'as pas vu, toujours pas entendu.

La grande allée grise s'étend face à vous, du bitume avec plein de petits grains pâles, des billes claires incrustées dedans ; il a plu, c'est mouillé par terre, ça glisse, ta sœur glisse sur le sol, se laisse entraîner loin très loin devant jusqu'à la deuxième porte et toi tu cours pour la rejoindre, tu roules sur toi-même dans l'herbe verte qui longe le bandeau gris de béton étoilé de petites graines blanches. Il a plu oui trop plu, tu es toute mouillée mais maman vous suit derrière sans rien dire ou peut-être qu'elle a parlé mais tu ne sais pas, tu n'as rien ouï, tu as de la ouate dans les oreilles.

Devant la deuxième porte, vous l'attendez, c'est elle qui a la clef, elle marche mais elle reste très loin derrière alors vous la tirez, vous tirez un fil que personne ne voit, vous tirez : maman maman maman maman maman

Toi tu ne vous entends toujours pas mais elle elle avance maintenant, lentement, elle est presque bientôt tout près.

Devant la deuxième porte elle arrive et tu crois qu'elle dit encore :

« C'est comme un gros œuf de Pâques. »

Ça tu l'as presque entendu ou bien alors tu as lu sur ses lèvres.

Oui elle l'a dit.

C'est beau les œufs de Pâques avec leur gros ruban rouge et leur nœud au-dessus ; le souvenir du plaisir de la langue sur le papier doré se réveille à nouveau et la porte de la deuxième entrée s'ouvre. Elle s'ouvre sur un monde de marbre et de vitres glacées. Du marbre froid sous les semelles, les pieds qui frissonnent, les quatre tout petits pieds de la sœur et toi, les deux plus grands de maman. C'est trop froid, il faut souffler pour réchauffer. Vous marchez vite sur les nervures du marbre en essayant de ne pas leur faire mal, de ne pas couper la circulation du sang gris qui coule dedans. Tu es encore toute mouillée et tu laisses une traînée d'eau derrière toi, ta sœur suit la trace et maman appuie sur le bouton de l'ascenseur qui devient tout rouge. Il a honte le bouton, il se dépêche de faire arriver la cage qui monte et qui descend ; quand elle arrive vous sautez dedans. La cage tangue un peu sous votre poids.

Les battants de l'ascenseur coulissent. Devant une autre porte plus petite que celles du portail, du hall de marbre et de l'ascenseur, les lèvres de maman répètent : « C'est comme un gros œuf de Pâques. »

Sur l'écran de ton ordinateur.

Un deuxième carton apparaît. Il précise que les droits de la vidéo sont détenus par l'INA. Tu souris. Au seuil de cette vidéo, l'homonymie impromptue qui unit l'Institut national de l'audiovisuel au surnom qu'Abba a attribué à ta grand-mère recoud tant bien que mal les points qui te relieront au film à venir.

Les percussions continuent de battre sur des rythmes saccadés et quatre lignes s'affichent sur un fond noir :

Le service de la recherche
de l'ORTF
présente
Dans la série « Un certain regard »

La porte s'est ouverte.

Dans l'encadrement Inna est là, minuscule avec les épingles noires qui brillent dans son chignon argenté et les montures de ses lunettes rondes qui dorent au soleil.

Inna est enthousiaste, elle s'enthousiasme toujours, Inna : la sœur et toi êtes toujours plus grandes que la dernière fois que vous êtes venues, maman est toujours aussi belle qu'avant. Dans les yeux d'Inna vous rayonnez toutes les trois sur le pas de la porte.

Inna a ouvert, vous êtes entrées et une voix a parlé loin très loin derrière le coton de tes oreilles, au fond du long couloir dont l'embouchure encadre la silhouette d'Inna :

Elles sont arrivées ?
Oui elles arrivent !

Tu ne l'as pas vue faire mais Inna a pris vos manteaux et maintenant ils pendent sur des cintres comme des doubles de vous-mêmes vides et mous.

Maintenant, Inna vous tire par le même fil avec lequel vous avez tiré maman tout à l'heure ; elle vous tire dans le couloir et vos chaussettes vous traînent sur le parquet.

Elles sont arrivées ?

Et Inna continue de tirer sur le lien.

Au bout du couloir, sept portes blanches identiques : trois en face de vous, deux sur le côté droit, deux sur le côté gauche. Inna s'est engouffrée derrière l'une d'elles, elle s'est engouffrée et l'a laissée à peine entrouverte, le fil se tend, il faut avancer et que, vous aussi, vous passiez le seuil.

Maman répète :

« Les filles, vous allez voir, c'est comme… »

« … un œuf de Pâques », tu réponds avant de pousser la porte.

Tu es entrée avec maman, la sœur hésite et reste en équilibre sur le pas.

Le buste d'un homme apparaît. C'est un arrêt sur image. Le cadrage ressemble à celui d'une photo d'identité quoique le buste et le visage soient légèrement de trois quarts. Posté devant un fond blanc, l'homme porte une veste noire, le nœud et le début de sa cravate se démarquent sur la chemise blanche parfaitement repassée. La lumière artificielle joue sur la peau noire du visage, éclaire sa moitié droite, laisse l'autre partie dans l'ombre ; à gauche, seul l'œil se distingue. L'homme fixe l'objectif mais il y a un voile sur son regard. Une pudeur à regarder dans l'œil de la caméra. Une pudeur que l'on pourrait confondre, que tu confonds, avec une certaine tristesse.

Une grande retenue, c'est ce que tu vois dans cette bouche sans sourire, dans les muscles faciaux qui ne laissent que peu de prise aux interprétations psychologiques. Mais ce n'est pas une retenue affectée, factice, il te semble que ce visage ne connaît pas d'autre manière de se comporter.

La sœur est toujours sur le pas de la porte.

Toi, tu es entrée.

La pièce est une chambre, tout y est blanc : les murs, les placards, les draps et les montants du lit au milieu sont tous blancs.

Le jour pénètre par la fenêtre et éclate sur toute cette blancheur qui t'éblouit. Tu n'es encore jamais allée à l'hôpital mais c'est à cela que ça doit ressembler, tu en es sûre. Il y a un mot que tu ne connais pas encore qui te vient en tête : « clinique ». Là, il résonne contre les murs de cette chambre.

Au milieu de la pièce, le lit trône ; énorme, il l'envahit. Toi tu t'en approches, ce qu'il y a dessus, dedans, échappe à ton regard. Il faut que tu te hisses. Tes avant-bras poussent sur le matelas trop dur et les draps tout doux. Ça y est, tu es assise sur le lit. Tu tournes la tête et c'est là que tu le vois : l'œuf de Pâques.

Quelques secondes après l'image, le nom de l'homme apparaît en dessous : *Hamma Cissé*. En voyant ce premier plan fixe sur le visage du grand-père tu ne peux t'empêcher de penser comme la mère. Hamma Cissé, l'homme de la vidéo, et Abba, le père de la mère, sont deux hommes différents que tu peines à identifier comme la même personne.

L'arrêt sur image dure. Dure tout le temps du générique, toujours agrémenté d'un fond sonore fait de rythmes percutés aux allures douteuses de musique tribale. Ce son te gêne. Au même titre que le seul mot-clé associé à la vidéo sur le site de l'INA : « L'Afrique ».

L'image reste trop longtemps immobile et le visage de Hamma Cissé a l'air de le sentir. Tu sais que cette fixation a été choisie en post-production, mais sa figure semble n'avoir qu'une envie : celle de retrouver sa mobilité, de vite pouvoir détourner les yeux de la caméra et se focaliser sur la personne qui guidera l'entretien.

L'image se met enfin en mouvement. Tu avais raison.

À la seconde où la possibilité de se mouvoir est redonnée au visage, le regard fuit la caméra pour se tourner vers une personne qui s'adresse à lui hors champ. Le regard va à droite puis à gauche, partout pour ne pas regarder l'objectif.

Le son a été coupé, mais Hamma parle. Son interlocuteur passe rapidement devant la caméra avant de disparaître à nouveau. Les plans se succèdent, Hamma fume une cigarette, va s'asseoir sur une chaise.

Soudain, les rythmes musicaux s'arrêtent et une voix off comme il n'en existe plus aujourd'hui, teintée d'un accent qui pourrait être italien, s'échappe des micros de l'ordinateur :

Hamma Cissé, licencié de langue
et de littérature arabes à l'Université d'Alger,
historien des sciences et physiologiste,
agrégé de philosophie.
Il est né en 1928. Il a été ambassadeur du Niger
en France, en Suisse et au Royaume-Uni.

En même temps que la voix parle, le regard de Hamma papillonne, passe de gauche à droite, les yeux se lèvent très rapidement vers le ciel avant de se tourner vers le sol, puis, comme par erreur, en se relevant se retrouvent à nouveau face à la caméra. Nouvel arrêt sur image. Les yeux à nouveau capturés par l'objectif.

L'œuf de Pâques. La seule tache sombre dans cet océan de blanc. Un ovale chocolat parfaitement dessiné, mais là, le ruban n'est pas rouge. Il est blanc lui aussi. Il n'est pas en satin mais en gaze.

Clinique.

Il n'a pas de gros nœud sur le dessus, juste une agrafe de métal.

Au milieu de cet ovale sombre, deux yeux. Noirs.

Une bouche. Brune. Parcourue de fines crevasses.

Tes papilles ne frémissent plus.

Sans transition, le plan change, la prise de vue n'est plus la même, le visage de Hamma envahit toute la partie droite de l'écran. Son visage s'anime et sa voix sonne dans tes écouteurs.

Il parle et immédiatement les morceaux se recollent, le lien se retisse. Hamma parle et Abba réapparaît. Il n'y a plus de doute possible. Quand il se met à parler, la mère apparaît en filigrane ; la même malice dans les yeux, la même façon qu'ont les sourcils de se retrousser pour donner à l'entièreté du visage un air de profonde concentration, les mêmes pommettes hautes, le même demi-sourire. La beauté et la prestance de ses traits te frappent, et puis la voix elle-même, le timbre de la voix.

Tu te rends compte que ton cerveau ne l'avait pas oubliée. Seule, tu étais incapable de la reconstituer, mais lorsqu'elle surgit de ton ordinateur elle te revient d'un coup. Intacte. Une voix douce et posée dans laquelle les « r » se roulent et qui semble provenir autant des cordes vocales que du nez.

Tu vois le visage s'animer, tu entends la voix de Hamma, d'Abba, et la question de savoir si cette vidéo reflète qui il était vraiment disparaît, ne t'intéresse plus. Seuls les mots qui se déversent de sa bouche te captivent.

L'œuf de Pâques a tendu un long doigt sec et rigide pour accompagner le murmure qui sort de ses lèvres et ses yeux se fixent sur toi. Surtout ne pas montrer que tu as un peu peur. Tu ne veux pas lui faire de peine à cet œuf qui te parle.

Toujours, toujours ce coton dans les oreilles, le coton des draps du lit, qui t'empêche de saisir le timbre de la voix et te permet à peine de comprendre le sens de ce qui est dit.

Bonjour Dikko, cela me fait très plaisir de te voir.
Bonjour Abba.
Où est Daneyel ? Elle n'est pas avec toi ?
Elle va entrer bientôt.

Dikko : la première, l'aînée.

Daneyel : blanchette, vache, petite vache, petite vache blanche dans les yeux du grand-père noir.

Les premiers mots que prononce Hamma Cissé, les premières phrases dites par Abba, sont une réponse.

Il répond à une question coupée au montage ; comme l'homme qui l'a posée, elle est restée hors champ. La forme même des phrases qu'il emploie en est la preuve, pourtant le troncage donne l'impression d'une prise de parole volontaire, comme s'il avait choisi de lui-même d'aborder le sujet dont il parle.

En écoutant les premières phrases qu'il prononce, tu te dis que tu aurais aimé les entendre plus tôt, tu aurais voulu que leur écho existe déjà quelque part en toi.

Hamma Cissé, Abba, dit :

Une chose qui m'a beaucoup frappé
lorsque je lisais L'Odyssée, c'est que,
chaque fois que le héros venait
dans une île, dans un village,
la première chose dont on se préoccupait,
c'était de savoir d'où il venait,
de qui il venait...
On ne demandait jamais où il allait.
Alors que c'était ça l'important.
Vous commencez tout de suite
par me demander mes origines,
et vous ne demandez pas
ce que je suis actuellement et où,
dans mes sentiments, je vais, je pense aller.

Abba ne se raconte pas.

Refuse de raconter à une audience qu'il ne connaît pas. Il se contente de laisser des indices. Il tourne avec malice autour du pot.

Tu as cligné des yeux et maintenant la sœur et toi n'êtes plus dans la chambre blanche et l'œuf de Pâques a disparu : vous êtes assises dans le salon. La sœur a pleuré et toi tu as ri. Tu ne vous as pas vues faire, mais il y a les sillons salés sous ses yeux rouges et ton mal de côtes qui ne mentent pas. Tu as ri et Esther a pleuré parce que Abba a dit que, pour lui, elle était une petite vache blanche.

Ces phrases qui sortent des haut-parleurs de l'ordinateur, si tu les avais entendues plus tôt, t'auraient fait gagner du temps.

Gagner du temps sur quoi ? Tu ne sais pas vraiment mais tu as l'impression certaine de les recevoir en retard.

Le grand-père devant tes yeux, derrière l'écran et les années qui vous séparent, répond à la question que tu as fini par te poser en permanence, sans jamais savoir quelles réponses donner.

Les réponses à garder pour toi. Les réponses-talismans.

Celles à livrer en pâture aux autres.

La voix d'Abba est douce, presque aiguë.

Un léger sourire aux lèvres, qui pourrait être narquois s'il était plus dessiné.

Bonjour Dikko je suis content où est Daneyel

Maintenant la sœur ne pleure plus parce que maman t'a grondée et lui a dit que « petite vache » c'était bien, que « petite vache » c'était tout doux, que « petite vache » ce n'était pas méchant. La sœur dit, répète, qu'elle n'est pas une vache, qu'elle n'est pas blanche, elle est beige, elle dit. Elle ne comprend pas pourquoi elle elle est petite vache, alors que toi tu es « la première ». Toi non plus tu ne comprends pas pourquoi dans la bouche d'Abba, dans la bouche de l'œuf de Pâques, tu n'es pas blanchette, tu n'es pas une petite vache, mais seulement celle qui est née en premier. Tu as ri de la sœur petite vache blanche, mais tu es déçue de n'être que la sœur aînée.

Le grand-père dit, finit par dire que ses ancêtres sont dispersés entre le Mali, le Niger et le Nigeria, il dit qu'il est peul mais ajoute aussitôt :

Les origines, c'est une question
– ce n'est pas que je ne l'aime pas –,
c'est une question un peu de notaire, vous voyez !
« Quelle est votre origine ? D'où vous venez ? »
C'est la question posée pour établir la carte d'identité.
C'est très important en Afrique, bien sûr,
de savoir… Moi personnellement, je trouve que
c'est tellement exagéré.

Tu t'amuses du flegme de la formulation qui, sans être tout à fait hautaine, marque sans aucun doute l'ascendant de celui qui la profère sur celui qui pose les questions.

Tu te demandes ce qu'Abba répondrait si c'était toi qui l'interrogeais, si le décor n'était pas celui impersonnel et public de cet entretien. Jugerait-il que la question, dans ta bouche, est toujours une question de notaire, indigne d'intérêt ?

À toi, accepterait-il de raconter ?

À la mère, il n'a rien dit, ou très peu. Il a choisi de garder ses lèvres closes. Abba a fait régner un grand silence qui a enveloppé toute sa vie avant sa rencontre avec Inna.

Accepterait-il de le lever pour toi ?

Il n'y aura jamais de réponses à ces questions, tu le sais. Mais, tandis qu'elles affluent, l'écho de la voix d'Inna surgit : « Quand est-ce que tu viens, que je te raconte un peu ma vie ? »

La sœur et toi êtes assises toutes les deux l'une à côté de l'autre sur le canapé : c'est Inna qui vous a installées comme ça, comme des poupées, vos quatre jambes se balancent dans le vide. Des miettes sont restées accrochées aux vêtements de la sœur et ses yeux à l'assiette de gâteaux posée sur la table basse.

Inna s'est assise en face de vous dans un fauteuil en velours vert ; si elle ne s'asseyait pas juste au bord, ses pieds à elle non plus ne toucheraient pas le sol.

Elle tient dans ses mains un livre.

Pour que vous restiez tranquilles, tu crois qu'elle a dit.

Le livre s'est ouvert directement à la bonne page, comme si Inna connaissait par cœur son contenu.

C'est logique.

C'est logique parce qu'il y a son nom, son vrai nom, celui que les adultes utilisent quand ils parlent d'elle, parce qu'il y a le vrai nom d'Inna qui est écrit sur la couverture du livre. Pourtant, lorsque tu lui poses la question, elle te dit que ce n'est pas elle qui a inventé les histoires qui sont dedans.

Non ce n'est pas Inna qui les a inventées, elle les a recueillies. Inna a cueilli les histoires du livre.

Où est-ce que l'on cueille les histoires, tu aimerais bien le savoir.

Au Mali, répond Inna, c'est au Mali qu'ont poussé les histoires du livre.

Mais où au Mali ? Tu aimerais bien le savoir aussi.

Dans la bouche des griots.
Des grillons ?
Non, des griots.
Qu'est-ce que c'est un griot ?

Inna explique, elle dit que c'est un poète. Un poète qui raconte les histoires des héros fondateurs, des personnes importantes. Elle raconte que les griots passent de village en village, qu'on recherche leur compagnie et qu'on craint leurs mauvais mots, leurs mots qui taillent. Les histoires poussent au Mali et les mots des griots tranchent.

Dans la maison bleue.

Cette maison est à toi.

Dans ta maison bleue, souffle un silence singulier.

Pour la première fois depuis qu'il est apparu dans la cuisine, le carreau ocre s'est tu. Tu ne te leurres pas, tu sais bien qu'il s'octroiera à nouveau le droit à la parole, les spectres ne se taisent pas pour toujours. Mais la disparition momentanée de sa voix souffle sur ta maison. La peinture bleue qui en recouvrait les moindres recoins s'est écaillée et maintenant de larges crevasses courent sur son sol, ses murs, ses ombres et ses secrets. Elles entaillent le parquet, cisèlent le plafond. Dans ta maison, des pans entiers de bleu se sont effrités pour te laisser apercevoir un rouge ancien duquel émanent des murmures dont tu ne perçois que des bribes. Ces voix à la fois familières et lointaines, connues et inconnues, répètent souvent les mêmes mots, mais leurs intonations changeantes leur donnent un sens chaque fois renouvelé.

Il faut bien raconter les histoires.
Il faut bien raconter les histoires.
Il faut bien raconter les histoires.

Les creuser jusqu'à la moelle.

Remerciements

Au terme de ce livre, je tiens à remercier les membres de ma famille, les ami·e·s, les personnes rencontrées un peu par hasard, les professeur·e·s qui m'ont, d'une façon ou d'une autre, accompagnée dans l'écriture de ce texte.

À Diaty, mille mercis pour la force et la générosité.

Une mention spéciale à Alain, Alice, Laurane, Laure, Lina et Esther. Merci pour leur inlassable écoute, leurs questions et leurs relectures perspicaces.

Dans ce roman certaines œuvres sont explicitement ou implicitement citées et/ou mentionnées ; en voici les références par ordre d'apparition :

Les textes

Beloved, de Toni Morrison, Vintage UK, coll. « Classics », 2007.

Cahier d'un retour au pays natal, d'Aimé Césaire, Présence africaine, 1983.

Marelle, de Julio Cortázar, traduction de Laure Bataillon et Françoise Rosset, Gallimard, coll. « L'Imaginaire », 1966.

Les chansons

« L'orage », de Georges Brassens, 1960.

« Strange Fruit », interprétée par Nina Simone, 1965.

« Here Comes the Sun », reprise par Nina Simone, 1971.

« Summertime », interprétée par Billie Holiday (1933-1944), Ella Fitzgerald (1958), Nina Simone (1959), Mahalia Jackson (1960), Albert Ayler (1963), Al Green (1969).

« Waka Waka (This Time for Africa) », de Shakira, 2010.

« Ausência », de Cesária Évora et Goran Bregović, 2010.